しない。

群　ようこ

集英社文庫

目次

しない。

1 通販

私が通販をはじめたのは、早いほうだったと思う。それまでは本を購入するのに、ほぼ毎日、書店に通って、そこで何冊も買って、ふうふういいながら家に帰ってきた。インターネットで注文して宅配便で届くと知って、これで重い本を抱えて歩かなくても済むと、喜んだのを覚えている。最初に注文したのはやはり書籍だった。それと並行して、海外通販も利用するようになり、日本では入手しにくい手芸の洋書、バービー人形のデッドストックの洋服、生活用品を購入していた。支払いはカードである。

英語は堪能《たんのう》とはほど遠いので、注文、問い合わせの仕方、クレームの文章のひな形などをいつもパソコンの横に置き、そこの商品部分の単語を入れ替えて使っていた。それでも商品が着かなかったのは、絵本が届かなかった一度だけで、それも先方の書店が保険に入っていたようで、代金は全額返金された。当時は、国内で書店に書籍を頼むよりも、海外に注文したほうが、早く到着することも多かった。システムがまだうまく機能せず、時間がかかっていたのだろう。

通販で洋服を買うようになったのは、三、四年後だった。インターネットで見て、いいなと思った服が、地方のその店でしか販売されていなかったため、手に入れるには通販で買うしかなかったのだ。もしもそれで「イメージと違う」などの問題が起きたら、以降、通販では買わなくなったと思うのだけれど、届いたのは画像で見た以上のものだったので、洋服も大丈夫と買うようになった。

通販をしない人からは、

「よく現物を見ないで買えますね」

といわれたけれど、サイズや色で失敗したと後悔したことはない。サイズがとても重要な、体のラインが出るような衣類は購入しないし、画像で表示されているサイズや色が微妙で、現物と違う恐れがあるものは買わなかった。サイズは自分がいちばん着やすい服の寸法を手元に控えておいて、それに近いものであれば購入していた。

どうして通販で洋服を購入していたかというと、店頭で試着するのが疲れるようになったからだ。着たり脱いだりは思いの外、疲れる。もともとウィンドーショッピングが好きではなかったし、事前に調査をして、この店で買うと決めたら迷わずそこに行って、一直線に家に帰ってきていた。一着の服を購入するのに店を渡り歩いて、あれこれ迷うのが嫌いなのである。目星をつけた店に目当ての商品がなかったり、印象が違っていたら買わないで帰ってきた。思いがけず似合うものがあったらそれを購入したが、店に行って購入するのは楽しい面もある反面、歳《とし》を重ねるにつれて負担に感じるようになったのだ。

私は着物が好きなのだが、プレタ（既製）の着物は買わない。試しにどんな素材、作りなのかと二度、買ったけれども、両方とも満足できなかった。誂《あつら》えの着物は店に行って反物を選んで「お願いします」といったら、自分の体に合ったものが仕立て上がってくる。肩幅、バスト、ウエスト、アームホール、ヒップ、着丈、身幅など、チェックしなくてはならないポイントが多い洋服に比べて、本当に楽なのだ。洋服にもオーダーメイドはあるが、それは目玉が飛び出るほど高い。着物は十年、二十年と着られるけれど、せっかくオーダーしても洋服の場合は難しい。

通販で買っていたのは、ほとんど普段着だった。たまに外出着も買ったけれども、高価なものはない。最初は失敗するんじゃないかと、不安はないわけではなかったが、問題もなくスムーズに事が進むと、通販で衣類を買うのが当たり前になっていった。店の中を歩き回って服を見なくても、画面にはずらっと在庫の画像が映し出される。その中から選ぶので十分だった。これまで先方が注文を間違えて、同色の別の素材の商品を送ってきたときに取り替えてもらったのと、メーカーの内部調査で商品の色落ちの不備がわかり、交換か返金かと問い合わせがあったので、返金してもらった二回しか、トラブルはなかった。

以来、私は通販をずっと便利に使ってきた。配達もスピードアップされてきて、実際に店頭で購入する商品の数よりも、通販で購入する数のほうが多くなっていき、本のほとんどを通販で購入するようになっていた。その他、大型のものはもちろん、ちょっと買いに行くのが面倒くさいものも、不精をして買っていた。週に一度、食材の通販も頼んでいた。通販がなければ生活が滞るくらい、利用していたのである。

ところがそれまでほとんどミスもなく、順調に通販を利用できていたのに、あれっという出来事が起こるようになった。

あるとき帯を収納するため、組み立て式のシェルフを大手の通販会社に土曜日指定で注文した。しかしその日に届かなかった。当時はまだインターネットで配送状況を確認できるシステムはなかったと思う。通販会社に連絡すると、担当の若い女性が出た。いったいどうなっているのかとたずねると、彼女は、

「そうですか」

と黙ってしまった。

「どうなっているのか状況を知りたいんですけれど」

というと、彼女は、

「平日指定だったら、こんなことにならなかったのに」

といったのである。

(はあ？)

一瞬、私は受話器から流れてきた、彼女の言葉を反復し、

「ということは、私が土曜日指定にしたのが悪かったということですね」

と静かにいった。すると、

「いいえ、そういうことではありません」

という。

「でもさっきのあなたのいったことは、そういう意味ですよ」

また彼女は黙った。客の対応係なら腹の中でそう思っていなくても、

「申し訳ございませんでした」

のひとことで、何とかなるものである。それがいえないのは、仕事として×である。

結局、月曜日にシェルフは無事届いたけれど、通販の着いた、着かないという、こうい
うところが面倒くさいなあと思ったのも事実である。しかしこういうトラブルはまれだ

と考えていたのだ。

ところが特にここ六、七年でトラブルが多発するようになった。食材を宅配してもらっていた会社はひどかった。配達してくれていたのは「ネコ」だったのでそれについては何の問題もなかった。利用した当初は問題がなかったのに、注文回数が増えるにつれて、注文したのと違う商品が入るようになった。すぐに会社に電話をすると、調べてみるとはいうけれど、箱詰めをした人が別の商品を入れたのは間違いないわけである。そして不足しているのなら後で送ってもらえればいいのだが、間違って送られてきた商品を、返品せずにお詫《わ》びとしてそのまま納めて欲しいといわれるのがいちばん困った。

その間違われた食品は、私がほとんど興味もないし食べる気もない、生クリームが入った冷凍のたいやき三袋だったりする。食材の通販を利用している人は、子育て中の家庭が多いと思われるので、そういった人たちが子供のために買うようなものが入っている。しかし私の周囲ではそのような子持ちの人はおらず、また食べられる人、食べたい人は誰もいなかったので断腸の思いで捨てた。

「今後、このようなことはないようにいたします」

担当者はそういったが、半年後にも違う品物が入っていた。今度は冷凍の甘いパンである。また電話を入れると、先方の話は前と同じだった。そしてすぐに品物は送るので、お詫びとして返品せずにそのまま納めて欲しいという。

「うちで食べられないものをいただいても、困るのですが」

「そうおっしゃらずに、とにかく納めていただいて……」

担当の男性は小声になった。私は持病はないけれど、何かしら禁止されている食品がある人に間違ってそれを送り、お詫びとして納めて欲しいといっても迷惑なだけである。といってもそれをまた返品すると、衛生上の問題が起こるので、それよりも相手に食べてもらったほうがよいという考えが、先方にはあるのだろうけれど、私は、

「これで二度目なので、もし、次があったら解約を考えます」

といって電話を切った。

ところが三か月後、その三回目が起こった。今度もまた子供用の冷凍のお菓子が届いた。

「私が頼んだ、冷凍鶏《とり》もも肉はどこへ」

と悲しくなった。きっと誰かのところに送られて、その人たちはまあ食べられるだろうからいいかもしれないが、私はまたもったいないと思いつつ、これを廃棄しなくてはならない。今回は二個口のうち、一つは間違いなく届いているので、冷凍用の箱の住所ラベルを貼り間違えたらしい。

またまた会社に電話をかけると、担当者は前と同じことを繰り返すだけだった。

「いいかげんにして欲しいです。これ以上は我慢できないので契約を解消します」

といって、すぐに解約した。解約理由もこれまでのいきさつを全部書いた。この会社を利用していた人の感想をインターネットで見てみたら、間違った商品が届いたという人が多く、社内のチェックシステムに問題があるようだった。多少、価格が高めなのも、こういった無駄な経費の分が上乗せされているのではないかと疑いたくなった。この件で食材を通販で購入するのはやめにした。

トラブルがあった会社と関わるのをやめれば、当然、トラブルは減るわけだが、次には宅配会社とのトラブルが多発した。不思議なことに「ネコ」はまったく問題がないのに、「人間」はとてもひどく、民営化になったところにも、日時指定の荷物を何度か放置された。周囲に聞くと、

「うちのほうは『ネコ』はだめで、『人間』のほうがちゃんとしている」という人がいたり、「特にどの会社ともトラブルはない」という人がいたり、私と同じように「『人間』には困っている」という人がいたりなど様々だった。その地域によってずいぶん違っていた。

これまでは本を購入するために利用していた書店が、どこも「ネコ」を使っていたの

で、特に問題もなく受け取っていた。「人間」にも運んでもらってはいたが、時間的にルーズなのは把握していた。しかし私の場合はたいてい家にいるので、午前中が午後になっても、配達され受け取れればまあ仕方がないと考えていた。当時うちの飼いネコが、とても気に入っていた外国のネコ缶があり、それを取り扱っている店舗が、「人間」の配送だった。そしてその店は即日配送で、注文してすぐに届くのを売りにしていた。都内の店だったので、注文して翌日に届くと思っていたのだが届かない。まあそういうこともあるだろうと、鷹揚《おうよう》にかまえていたのだが、その翌日も届かないのである。これはおかしいと、その店のメールに付記してあった、伝票番号で追跡検索してみた。このときが追跡検索システムを使った最初だったと思う。結果はここ何日かの間、ずっと配達中になっていた。ということは、配達されるのだろうと待っていたのに、その日も夕方になっても配達されなかった。

そこで「人間」の管轄の営業所に連絡をして、

「ずっと配達中になっているけれど、今、荷物はどこにあるのですか」

と聞いたら、電話に出た男性は、

「さあ、配達中なのでドライバーの車の中だと思うんですけど」

という。

「ここ何日も配達中のままなんですが、大丈夫なんですか」

「さあ、それはこちらではわかりません」

私はあまりの責任のなさに、むっとして、

「荷物を預かっておいて、わからないってどういうことですか？」

と怒ると、彼がいうには、すべてドライバーにまかせているので、こちらではわからないという返事だった。そして調べてすぐに電話をするというので、ここでうまくまるめこまれてはたまらないと、

「結果がわかってもわからなくても、一時間後に必ず電話をください」

といった。

案の定、一時間後に電話は来なかった。また営業所に電話をして、さきほどの男性の名前をいうと電話に出た人は、

「今、いません」

といった。はあ？　と呆《あき》れながら、これまでの事情を話し、

「あなたたちに頼んでも埒《らち》があかないから、私が直接電話をするので、ドライバーさんの携帯番号を教えてください」

と番号を教えてもらい、ドライバーに電話をかけた。すると、

「はあい」

と面倒くさそうな声が聞こえてきた。そこで、

「荷物がいつまで経《た》っても配達中で届かないのですが、どうなっているのでしょう」

となるべく平静を装って話すと、

「あっ」

と彼の声が変わった。営業所との連絡だと、あのような応対になるのだろうか。とても関係がうまくいっているとは思えなかった。私が住所と名前と伝票番号を告げると、

「あのう、車に積んだまま忘れてました。すみません」

と謝ってきた。

「それでいつ届けてもらえるんでしょうか」「これからすぐにうかがいます」

三日間放置されていた荷物は四十分後に届けられた。受け渡しのときには、私はドライバーにはクレームめいたことはいわず、ただ「ご苦労さま」といっただけで他に何もいわなかった。ただ、即日配送を売りにしているペットフード店には、この件は伝えたほうがいいと思い、

「配送会社の問題で、御社とは直接関係ないことですが」

と一連の話をメールで連絡しておいた。するとその店の担当者が、

「とんでもないことを」

と激怒してしまい、店の管轄営業所に報告するので、こちらの担当ドライバーの名前を教えて欲しいという話になってしまった。私のほうは荷物が届いて、とりあえずは一件落着しているのだが、店としては信用問題に発展するので、見過ごせなかったのかもしれない。そして後日、

「うちの管轄の営業所からも、きっちり話を通しておきました」

と連絡をいただいた。これでちゃんと配送されるようになるかしらと期待していたのに、「人間」は相変わらず、ぐずぐずだった。それからしばらくして、そのドライバーは配達に来なくなった。

日時を指定しないと、またずっと車に積まれたままになるのではないかと心配になったので、この件以来、日時指定扱いにしてもそれは完全に無視。午前中指定でも、

「こちらに到着するのが遅かったので」

と午後に持ってくる。

また夜に荷物が届けられ、本が届くはずだったのに、箱の大きさが変だなと思いつつよく見てみたら、ご近所の住所の女性宛のケーキだった。日時指定がしてあったので、慌てて営業所に電話をして、

「たった今、配達してもらった荷物が間違っていた」

と連絡をした直後、ドライバーの若い男性が間違いに気がついて戻ってきた。

「この人、きっと待っていると思うから、早く持っていってあげたほうがいいわよ」

というと彼は、

「あ、そうですね。申し訳ありません」

と走って帰っていった。

不在票がマンションの他の部屋の郵便受けに入っていて、その方がわざわざ持ってきてくださらなかったら、私はずっとわからないままだったこともあった。その日、私はずっと家にいたが、配達にはこなかった。インターフォンで部屋番号を間違えて押し、そのお宅が不在だったので不在票を入れて帰ってしまったらしい。このドライバーはトラブルがあると、きちんと謝ってくれるので、感じは悪くなかった。朝から晩まで配達し続けて、大変だと思う。これは配達をまかされているドライバーの、責任感のなさと段取りの悪さもあるかもしれないけれど、根本的に会社のシステムに問題があるのではないか。

「ネコ」がちゃんとできているのに、どうして「人間」にできないのかが理解できなかった。ただ「ネコ」の営業所は近所にあるのだが、「人間」のうちの営業所はそれに比べてとても遠方にあった。歩いて五分ほどのところに、隣区の営業所はあるのだが、管轄はそこではない。そういうところも問題がありそうだった。

それから何度、荷物が放置されたことだろう。タイミングの問題なのか、営業所に電話をしても、営業時間中なのにもかかわらず、誰も出ないで連絡がつかないことも多くなった。インターネットで追跡検索しようとしても、「瞬時にどこに荷物があるかわかる」と書いてあるが、一昨日、昨日の日付で北、東、西、と複数あるらしい、関東中継センターに輸送中などというわけのわからぬところで止まっていたりして、現在、荷物がどうなっているのか見当がつかない。こういう思いをするのはいやなので、通販でものを買おうとして、配送会社が「人間」のみだと、買うのをやめるようになった。

荷物が配達されず、こちらでは把握できないところにあったことが、それから三回あった。一度は営業所の電話に女性が出て、この人は丁寧に謝ってくれて、これから三十分後に届けるといい、そのとおりにいつものドライバーではない男性が届けてくれた。また編み物のために大量に毛糸を購入したら、これもまた届かず、追跡検索もできなかった。そこで購入した毛糸店に、三日経過しているが届かないとメールを送ると、すぐに荷物が届いた。伝票を見てみると、私は日時を指定しなかったが、先方が気を利かせて注文日の翌日の日時を指定してくれていたのに、それでも届かなかった。

　そして予約注文していた衣類が出来上がり先方が送ってくれたのに、三日経っても配達されず、それもまたどこかに行ってしまった。こちらも送り主の会社に連絡をして、管轄の営業所から連絡をしてもらったら、その日の夜、配達された。個人で営業所に連絡するよりも、営業所同士で話をしてもらったほうが、スムーズに行くような気もした。しかしあまりに連続でトラブルが続くため、ネコ缶、重いものの購入などの、どうしてもやめられない通販以外は、やめたほうがいいかもしれないと思うようになった。

　その後、「ネコ」の受け付けている荷物が大量で、対処できないというニュースを見て、利便を追求しすぎて、彼らに負担をかけていたのだとわかった。きちんと給料が支払われ、休みも取らないと人としての生活が成り立たない。うちに配達してくれる「ネコ」のドライバーの方々とは、雑談をしたりするのだが、

「忙しくて大変」

　という話はよく聞いていた。正月も休むのは一日だけで、二日から配送していたのではないだろうか。こちらは家にいたままものを買い、そして「ネコ」や「人間」に、雨、雪、大風の日でも玄関まで配達してもらえる。それが当たり前になってしまった。

　その「ネコ」の労働問題がニュースになってから、どういうわけか「人間」の配送が信じられないくらい、スムーズになってきたのは不思議だった。仕事先や知り合いが送

ってくれた日時指定もきちんと守られ、これまでのトラブルの連続が嘘《うそ》のよう。会社がシステムを変えたのか、何かを改善したのだろう。しかしインターネットで追跡をしてみると、朝、七時前から配達に出ている。以前、午前中指定なのに午後に配達されていたときは、配達の開始時間がもっと遅かった。荷物は届いていたのに、配達に出るのが遅かったのだろう。しかしどちらにせよ、ドライバーには負担がかかる。一個運んだらいくらという、歩合制ではないと思うので、なるべく彼らの負担にならないほうがよい。現在の宅配便の環境はとてもスムーズで最高なのだが、私は物品をバザーに出すとか、飼いネコの缶詰を箱買いするとか、最低限の用事以外には、もう宅配便を使わないようにしようと決めた。

そして現在は衣類も本も通販では購入していない。買っているのはネコ用の物品だけで、あとお願いしているのは、バザー品の発送、出版社とのゲラの受け渡しくらいだ。配送のトラブルがなくなったのと同時に通販をやめたのは、タイミングが悪かったとしかいいようがない。と思っていたら、最近また「人間」が元の状態に戻りつつある。どうなっているのだろうか。またもうひとつ、通販は楽だったが梱包《こんぽう》してある段ボール箱の処理が、だんだん面倒くさくなってきていた。通販を利用していた当時の私にとっては、外に出て店をまわって買い物をするよりも、家の中で段ボール箱をつぶして、ビニール紐《ひも》で縛ってまとめるほうが楽だった。

しかし今はそうではない。通販の回数が減れば、それだけその作業をしなくてもよくなる。ほぼ毎日、複数の通販の荷物が届いていたときは、資源ゴミの日に段ボール箱をつぶして紐でくくった束を、毎週、大量に集積場に運んでいたけれど、今は月に一度で済むので、本当に楽になった。ひとつやめると、芋づる式に楽になるのがよくわかった。これからもこの方式で、歳を重ねていく自分に負担がかからない方法を見つけていきたいと思っている。

2　携帯電話

　携帯電話は昔から持っていない。どうしてみんなあんなものを持つのか不思議でならなかった。仕事上、外回りが多い人、ひんぱんに会社と連絡を取り合う必要がある人などは、携帯があるとスムーズに事が運ぶのだろうが、それほど必要でもないのに、みんなが持っているから、自分も流行に乗り遅れたくない、というだけで持つ人も多かった。そういう人たちを私は、

「ふん、世の中の戦略に乗せられて」

　と横目で眺めていたが、その携帯はどんどん普及していき、現在はスマホ全盛である。ガラケーを使っている人たちは、スマホ派に、

「まだそんなものを使っているのか」

　といわれたりもするらしい。そして最近は、学校の用事、連絡なども全部メールで送信されるので、親が持っていないと子供の学校生活にも支障が出るようになったという

のだ。ガラケーすら持った経験がない私など、

「最新機器が使えない鈍《どん》くさいおばちゃん」

なのだろう。

別にどう思われようがどうでもいいのだが、どうしてみんな、そんなに他人とつながりたいのかわからない。携帯を持っているのは、いつも自分の居場所を知られているということと同じだ。肌身離さず持っていないと意味がないから、トイレに入っていて携帯が鳴れば電話に出ざるをえない。固定電話の場合は、席をはずしているときは電話に出られないし、出たくないときは出なくてよい。考えてみれば私は固定電話すら嫌いだった。私を行方不明にしてくれないものは嫌いなのである。電話というものはかけるほうの都合でかけてきて、受ける側の都合は無視される。それをきちんと認識している人は、

「今、電話していていいですか」

といってくれるのだが、そうではない人は自分の都合をこちらに押しつけてくる。

二十代のとき、元同僚の女性と会社をやめた後も何年か付き合いがあった。彼女は既婚者でないと恋愛対象にならないというタイプで、もちろんそうなるとトラブルが起こりやすくなる。それで私が寝ている深夜に電話をかけてきて、延々と相手やその妻に関

する悪口を、酔っ払って話し続ける。私は布団に仰向けになって目をつぶったまま、受話器を手に適当にふんふんと相槌《あいづち》を打っていた。すると酔っ払っていても、急に素面《しらふ》に戻ることがあるのか、

「私、とても迷惑なことをしてるわよね」

というので、

「うん。とても迷惑」

と答えた。結局、一時間半くらい酔っ払いの電話に付き合わされた。その他、いたずら電話もかかってくるし、それ以来、私は寝る前に室内の電話線のジャックを抜くのが習慣になった。

たしかに電話よりもメールのほうが、都合がいいのは事実である。しかし最近はＬＩＮＥが主流になったらしい。私はパソコンは使っているので、メールのシステムはわかるが、ＬＩＮＥについてはまったくわからない。ただ聞いた話によると、グループ分けか何かができてしまうので、自分のことを知られたくない人にも、連絡先がわかってしまうから困るという。とにかく無料で便利だけど問題も多いらしいのである。

知人には、

「ガラケーはもう必要ないから、スマホを買え」

と勧められた。彼女もずっとガラケーを使っていて、それを使い続けるつもりだったのだが、短期間の入院をして自分の健康に自信が持てなくなったという。そこでどこでもタクシーが呼べるアプリがあると知って、スマホに買い替えたのだった。たしかに私もいつどうなるかわからないが、そのためにスマホを買うのもなあと思っている。彼女と会ったときにスマホを手渡してくれて、

「ちょっと触ってみたら」

という。ところがあの小さい画面のなかで、指をこちょこちょ動かさなくてはならないのがものすごく面倒くさい。ちょっと触ったくらいでは動かないし、力を入れるとだだーっと画面が流れる。

「んもーっ」

スマホを床にたたきつけたくなった。

タブレットを持っている友だちにも、触らせてもらったことがあるが、まだタブレットのほうがある程度の大きさがあるので、スマホよりは操作はましだった。しかし持ち歩くにはスマホの大きさが限界で、小さいノートほどの大きさがあり、かつ重さもあるタブレットをずっと携帯するのは辛《つら》い。一長一短なのである。不慣れなスマホの操作も、今は指がうまく動かないけれども、使っているうちに慣れて、かえってよく動くように

なるかもしれないが、私には携帯、スマホをわざわざ購入するほど、緊急の必要性を感じなかったのである。

ところが先日の午後、近所に住んでいる友だちから電話があり、

「ねえ、ちょっと意見を聞かせてくれる?」

とだけいって、電話が切れた。私はてっきり、部屋の模様替えか何かの相談だと思って、

「うん、いいよー」

と気楽に返事をして彼女の家を訪ねたら、私たちの共通の友だちが玄関のところに横たわり、

「痛ーい、痛ーい」

とうめいている。私はふざけているのだと思って、

「どうしたの、何してるのよ」

といったら、彼女は、

「本当に痛いのよ」

と辛そうにうめいた。友だちは冷静に、

「あのね、さっき取り寄せている水のタンクが届いてね。たまたま来ていたから、運ぶのを手伝ってくれたの。一つ目は何ともなかったんだけど、二つ目を運ぼうとしたとき

に……、やっちゃったんだね」

　びっくりした私はしばらく声が出なかったが、目の前で横たわって痛がる友だちがいるのは現実なので、何とかしてあげなくてはならない。彼女は以前にも何度かぎっくり腰をしていて、癖になりかけているふしがあったという。私はぎっくり腰になった経験はないが、一度なってしまうと癖になると聞いた。

　少しでも起き上がれるとか動けるのなら、二人で協力して何とかできるけれども、彼女はまったく動けなくなっていた。

「これは救急車しかないでしょう」

「そうだよね」

　私たちがそういうと、彼女は、

「救急車は絶対にいやだ」

　といって、体を起こそうとするが、

「痛たたたた」

　とうめいて横たわる。

「このままでずっといるの？　どうにもならないよ」

　説得しようとすると彼女は、

「ちょっと待って、あっ、痛たたた」

と何度も起き上がろうとするものの、やはり起き上がれない。

「このままずっと寝ているわけにはいかないわよ。この状態じゃトイレにも行けないじゃないの」

十分ほど三人であだこうだと話し合い、救急車を呼ぶと意見が一致した。

「あの病院はいやだからね」

彼女は以前にも何度か救急車で運ばれていて、対応が失礼な病院は二度と行きたくないと、スマホを手にした友だちに告げた。

「はい、わかりました」

連絡を取ると、救急から折り返し確認の電話があったので、

「本人はまったく動けない状態で寝たままです」

といい、彼女本人も電話に出て状況を説明した。昨今はたいしたことがないのに救急車を呼ぶ迷惑な輩《やから》が多いので、先方も確認をするようになったのだろう。

救急車を待っている間、彼女は横たわりながら、

「あーあ、どうしてこんなことになっちゃったのかしら」

と嘆いていた。その前からずっと忙しく、疲れているといっていたので、それが溜《た》ま

っていたのに違いない。すぐに救急車が到着して、屈強な男性五人がやってきた。そして玄関のドアを開けたすぐの場所で、うめきながら横たわっている彼女を見て、

「あー」

と気の毒そうな声を上げた。後からグループの長なのだろうか、中年男性がやってきた。そして彼女の姿を見て、

「ああ、かわいそうに。私もね、癖になっちゃって今年のはじめにやったんですよ」

と部屋の外でドアを開ける係をしていた私に話しかけてきた。

「痛いらしいですね」

「そうなんですよ。あっと思うとやっちゃうんですよね」

そして担架に乗せようとしても、痛がる彼女に、

「ああ、痛いんだよね。かわいそうに」

と悲しそうな顔になっていた。

折り曲がる担架にやっと彼女を乗せて、救急車に乗れる段取りがついた。

「もう大丈夫、ありがとう」

近所の友だちは彼女に付き添い、私はそのまま自宅に戻った。たいしたことがなければいいがと、気にしながら仕事をし、夕方、

「どうだった?」

と様子を聞きに行くと、

「ああ、どうもありがとう。ご心配をおかけしてすみませんでした」

と彼女が歩いてやってきた。

「歩けるようになったの。よかったね」

何時間か前まで、痛い痛いと寝っ転がってうめいていたのが嘘のようだった。座薬を投与され、注射を打ってもらい、コルセットをつけたら、走るのは無理だけれども、歩けるようになったといっていた。あのまま放置していたら、自力では何もできず、にっちもさっちもいかなかったので、本当によかった。

ひとまず、ほっとして自宅に戻ったのだが、実際に起こった状況を目の当たりにして、

「もしひとり暮らしの私に、同じ出来事が起こったらどうなるのだろうか」

と考え込んでしまった。彼女の場合は、たまたま友だちがそばにいたけれど、もしも誰もおらずに、身動きができない状態になったら、どうしようもない。

自分の今の状況を誰かに連絡したいのにできない。それが手元に携帯があれば、指一本動けば容易にできるわけである。外でアクシデントがあったときには、私の生活範囲はまあ、人通りがある場所ばかりなので、他人様《ひと》に甘えさせていただき、対処をお願い

する。問題は独居の室内で起こったときで、いっそ意識がなければ、私の人生はこれまでと、その後はもうどうなってもいいのだが、困るのは彼女のように意識があるのに、起き上がれない場合である。誰かに連絡ができれば、重症に至らずに助かる可能性があると、私は携帯に急激に心が動いた。

しかしふだんは私の生活には携帯は必要がない。緊急のときだけに使えるものはないかと、室内を見回して目についたのが、固定電話の子機である。ふだんはまったく使っていないが、たとえば室内で重い荷物を運ぶ作業をするとき、あまり気分が優れないときに、室内で持ち歩くのはどうかと考えた。私の場合は、荷物の移動や長時間の作業をするわけでもないし、ほとんど座業で仕事をしているので、傍らに置いておけばよい。そして体調が戻って大丈夫そうだとなったら、充電器に戻す。これで十分なのではないか。

たしかにアクシデントはいつ起こるかわからないが、ちょっと危ないかもという意識は持てる。それで問題が起きたときに、手元に子機がなかったら、それは運が悪いとあきらめるしかない。友だちの姿を見て、一瞬、携帯に心が動いた私であったが、やはり必要はないと購入するのはやめたのだった。

3 化粧

化粧には人並みに興味があった。学生の頃は今と違って気軽にちょこっと買えるような、プチプラの化粧品は少なく、アルバイト代のなかから、化粧品代を捻出しなくてはならなかった。となると私の場合、学費は自分で払っていたので、絶対にはずせないのが学費であり、その次が本、レコード。その次がいつか外国旅行に行くための貯金、その次が衣類で、化粧品は必需品ではなかった。当時はまだ紫外線ケアもうるさくいわれていなかったし、すっぴんの女子学生もたくさんいた。藝術《げいじゅつ》学部という性格上、化粧をしている男子学生もいた。みなそれぞれしたいようにしているのを見ていて、女だからといって、化粧をしなくてもいいと思っていた。でも興味は持っていたのである。

どんな本を読んで、どんなレコードを聴いていたかは、鮮明に思い出せるのに、二十歳まではどういうふうに化粧をしていたかを思い出そうとしても記憶にない。口紅を塗る習慣ができたのは、相当、後になってからなので、白粉《おしろい》とリップクリーム程度だったと思う。興味があるといいながら、私にとって化粧は生活をするために必要な事柄のランキングのなかで下のほうだった。

二十歳のときに、母親の学生時代の友人のつてで、アメリカのニュージャージー州に行く話が持ち上がり、三か月過ごした。一ドルが約三百円の時代なのに、日本にいるとデパートでうやうやしく売られている外国製の化粧品が、スーパーマーケットで大量に安価で売られているのを見て、あれこれ買って試していた。主に普及品のレブロンのリキッドファンデーションと、コティのパウダーを使っていた。しかしポイントメイクはしないままで、華やかにするというより肌の保護のための化粧だった。

とはいっても、きれいな色を見ているのは好きなので、日本に帰ってからは新宿の高《たか》野《の》に行って、ロンドンの化粧品「ＢＩＢＡ」を買っていた。特にＢＩＢＡのカラーパウダーには色数が何十色もあって、アイシャドウ、頬紅として使えた。五百円玉よりひとまわり小さい黒の蓋《ふた》つきのケースで、黒地に金色のＢＩＢＡのロゴマークが格好よかった。国産では帝人パピリオから、若い女性向きに価格を抑えて発売された、陶器の花柄の蓋がついた「ＪＡＣＯ」が好きだった。ブルーのマニキュアを見たのは、ＪＡＣＯが最初だったと思う。この容器入りのリップグロスも好きだったけれど、塗るよりも持っているのが楽しみになっていた。

ところが就職すると、広告代理店の営業部に配属されて、上司からきちんと化粧をしたらどうかといわれてしまった。地塗りの分はアメリカで大量購入したものがまだ余っていたので、実家から通っていたおかげで多少余裕があった財布から、足りない化粧品を買い揃《そろ》えた。あらためて日本での化粧品の値段の高さにうんざりした。

当時はデパートの化粧品売り場のお姉さんたち、化粧品店のおばさんたちの売り方が強引で、私はただマスカラが欲しいだけなのに、

「その眉はなに？　ちゃんと描かないとだめよ」とか、

「もっと目を大きくはっきりとさせたほうがいいわよ」

など、こちらのコンプレックスをぐいぐいと突いてくる。化粧品売り場に行くたびに欲しかったものがやっと買えた喜びと、不愉快な思いを両方抱えて帰ってきた。高野では商品を勝手に選んでレジに持っていく方式だったので、ますますＢＩＢＡの化粧品が増えていった。

いちおうフルメイクができるように調えたものの、家に帰るのは夜中の十二時過ぎ。そして朝は七時半に家を出る生活で、フルメイクでの出勤は苦痛以外の何ものでもなかった。学生時代からしている人は、化粧をするのに慣れているが、私は地塗りはともかくポイントメイクの仕方がわからない。二重まぶたの人だと、二重の部分にアイシャド

ウを塗ればよいとわかるが、一重まぶただと、どこまで塗っていいのか見当がつかない。眉毛もしっかり描きすぎると、「博多俄《はかたにわか》」のお面みたいになるし、頰紅を塗るとおてもやんになった。もともとくちびるの色が濃く、塗らなくてもごまかせるので、薄い色つきのリップクリームだけで済ませていた。手抜きができるところは、とことん手抜きしていて、化粧はとても下手だったと思う。マスカラは落ちて目の下が黒くなるし、それをいちいち気にしなくてはならないのも面倒くさかった。

仕事のためにフルメイクができるアイテムを買い揃えたものの、その広告代理店は半年でやめたので、ポイントメイクをするための化粧品の使い途《みち》がなくなった。眉墨や頰紅、アイシャドウ、マスカラを、勧めている母親にあげたら喜んでいた。失業中で家でごろごろしているときは、もちろんすっぴんだったが、外に出るときは地塗りだけはしていた。これまでのスティック、リキッドのファンデーションではなく、パウダータイプが一般的になってきたので、在庫のリキッドがなくなると、国産のパウダーファンデーションを使うようになった。白粉がパウダーファンデーションに変わっただけで、眉も描かなかったし、頰紅もつけなかったし、口紅も好きじゃなかったのでつけていなかった。

私は自分が化粧に興味があるのに、厚化粧をしている人が嫌いだった。自分をよく見せたいのはわかるが、厚化粧にしたら逆効果な女性たちが、年代に関係なくいた。もっと薄くてもきれいなのにと思うのに、厚塗りで暑苦しかった。コントロールカラーの塗りすぎなのか、顔色が緑色だったり、灰色の人もいた。そういう人に限ってアイメイクも強烈だった。今は薄づきで肌のトラブルをカバーするファンデーションがたくさんあるが、当時はまだ品質が追いつかず、ついカバーしようと多めに塗ってしまうと、ものすごく塗った感が強くなるものがほとんどだったのだろう。

興味がありすぎて、様々な化粧品関係の本を読んでいたら、化粧品会社の裏側の話とか、肌に与える害などが出てきて、

「化粧をし続けていいものか」

と考えたこともある。玄米を食べ続けて便秘が治ったのはいいが、二十代半ばから敏感肌になってしまい、肌に合う化粧品を探すのに苦労するようになった。しかし地塗りをやめてすっぴんで過ごすことは私にはできなかった。日焼けの問題があったからである。化粧品が化学物質のかたまりというのはそうなのだが、そうかといってオーガニックの化粧品が肌のためにいいかというと、そうではないというのは、後年、身を以《もっ》てわかったことである。オーガニックのもののほうが、トラブルが起きる可能性が低いだけで、完全に大丈夫というわけではない。だめなときはだめなのだ。ただし私の場合は、

地塗り関係の化粧品の場合、なかにはだめなものもあったが、日焼け止め効果の指数であるSPF値が低いもののほうが肌には負担がなかった。数値が30を超えるとちょっときついので、25くらいが限界。SPF値50の化粧品が多く出回っているなか、肌質に問題があると化粧品を選ぶのも大変なのである。

四十歳までは化粧をすると、メイクテクニックもないし、逆に老けて見えるので地塗りだけだった。ところがあるときから、化粧をすると若く見えるようになった。それから私は化粧をしたほうがよいのだと考えるようになった。地塗りに加わったのは口紅だった。使えそうな商品の中から選んでいるので、色も気に入ったものが選べるわけではなく、

「まあ、いいか」

で使っていた。たまに名の通ったブランドのものも買ってみたが、つけるとぶつぶつができたり、くちびるがひどく荒れたりした。少しはましになったが、今でもその傾向があるので、どんな化粧品でも使えるわけではない。それもまた、化粧を楽しめない理由になっている。

口紅の後には、眉毛を描くのが加わった。口紅を塗らないと、顔がぼけるようになっていたのに、何年かのうちに、口紅を塗っても眉毛を描かないと顔がぼけるようになっ

た。そして下ぶくれの私の顔には、顔の下側にポイントを置くより、上に置いたほうがよいのではと、私なりに考えたのである。広告代理店に勤めているとき、ペンシルタイプの眉墨を使うと、どうもべったりとした立体感のない眉の「博多俄」になったので、パウダータイプを使うようになった。眉がはっきりすると、口紅をつける必要がなくなったような気がして、またリップクリームのみになった。

そして歳を重ねるにつれて、やっぱり口紅がないとだめになったので復活し、顔のたるみのカバーと血色を補うために、頬紅を使うようになった。アイライナー、アイシャドウ、マスカラは使わなかった。目のちっこい私には、何よりも必要なはずなのだが、私はそれらがいちばん苦手だったのだ。一時期、軟らかいペンシルタイプで、まぶたに沿ってラインを引いていたこともあった。たしかに目は自分なりにはっきりとしたけれど、そのうちアイラインを引くと、ほうれい線が目立つような気がしてやめた。マスカラはもともと目が弱いのでなるべくつけたくなかったのと、三十代のときに高名な男性ヘアメイクアップアーティストにメイクをしていただいたときに、

「群さんはそのまぶたと下向きのまつげがいいのだから、無理にマスカラをつけて、上げる必要はないよ」

といわれて、それを守ってきた。長年のコンプレックスをはじめて褒めてもらったと

きでもあった。

還暦までは地塗り以外の化粧をしてみたりやめてみたりの繰り返しだったのだが、寝起きに鏡を見て、

「何、これ」

と自分の顔を見て愕然《がくぜん》としたことが何度もあった。おばさんならまだしも、鏡の中にいるのがおじさんだったりすると、さすがの私もどうしたものかと悩んだ。それに追い打ちをかけるように、加齢によってただでさえちっこい目が、ますます小さくなってきた。人気の若い俳優が、どういう女性が好みかと聞かれて、

「朝、起きたときもきれいな人」

といっているのを聞いて、私は彼に対して何の感情もなかったが、殺意さえ覚えた。そんな女性は、オードリー・ヘップバーンくらいしかいない。しかし彼はその後、きれいな女優さんと結婚した。きっと彼が望んだとおりの人なのだろうなあとうなずきながら、朝起きると性別すら変わっている我が身を思い出してため息が出た。

アイラインを引いてみたら、ほうれい線が目立ったのは、あれは中途半端だからではないかと思い当たった。ほうれい線をしのぐほどのアイメイクだったら、そうはならないのではと想像した。テレビに出ている、私よりも年上の女性方を見ると、アイライン

をくっきりと引いていて、なかには目をぐるっと濃いラインで囲っていたりする。あれは下手をするとマンガみたいな顔になるので実行は難しい。最近はおばさん向きのメイク指導もあって、やはり顔の下半分より上半分にポイントを置くこと、口紅は艶のあるものがよいという。私が持っている肌に合う口紅は、すべて艶がないものだったので、

「へええ」

と思いながら画面を見ていた。

それに触発されて、平たい顔に少しでも凹凸をと、パウダータイプのハイライターを購入し、使用説明書を見ながら顔面につけ、その顔で人に会ったら、

「今日、顔がむくんでますね」

といわれた。私の実感では顔はまったくむくんでいなかったので、ハイライトの入れ方がへたくそだったのだと思う。これにより平たい顔を無理に凹凸があるように見せるのは無駄だとあきらめ、ハイライターは封印した。

もともとなので、これから顔面でホームランを打とうとは思っていないが、連続三振は避けたい。せめてポテンヒットで一塁に出られるくらいにはなりたい。試しに一度しっかりとフルメイクをしてみようと、私は近所のドラッグストアに行って、プチプラのアイライナー、アイシャドウ、マスカラを購入し鏡の前に座った。アイラインを太め

にしっかりと引き、ぼかせば目が強調され、かつ自然に見えるとのことだったが、前にやったように、まぶたの際《きわ》にアイラインを一本引いたくらいでは、私の目はどうにもならなかった。ある程度、目が大きく見えるまで引いてみようとしたけれど、その太さは私の想像を超えていき、恐ろしくなって、

「だめだ、こりゃ」

とあきらめた。目をつぶったときに、まぶたの端から最低五ミリ幅のラインを引き、その上にシャドウをのせてぼかさないと効果がなかった。

人間は目を開けっ放しでいるわけではなく、まばたきをする。目を閉じるたびに裏方の五ミリ幅のラインが見えるのは、

「あたし、がんばって目を大きく見せてるんですよーっ」

とアピールしているようで、とても恥ずかしい。マスカラをつけてみたが、さすがに品質がよくなって目の下にはつかなくなったものの、私には違和感しかなかった。

以前、幅七ミリのグレーのアイラインを引いている、私と同じく一重まぶたの人を見たことがあった。最初は気がつかなかったのだが、彼女がまぶたを閉じたときに、それがわかってしまい、申し訳ないけれど、

（ええ、あんなに太くラインを引いているのに、あの程度の目の大きさなの）

と驚いてしまった。てっきり彼女は目の化粧などしていないと思っていたからだった。私もそれと同じだった。たしかに何もしていないよりは、目ははっきりとはしたが、労力と結果が明らかに釣り合っていなかった。

「相当、塗りたくらないとだめだな」

太いアイラインを描いたうえに、アイシャドウでグラデーションをつけ、つけまつげを重ねづけしたりすれば目が大きく見えるのかもしれないが、それは私らしい顔ではない。まつげエクステというものもあるらしいが、そこまでして目を大きく見せたいとも思わない。とにかく塗れば塗るほど、私が私らしいと思う顔から遠ざかるので、私がいちばんすべきことかもしれないけれど、アイメイクはするのをやめた。落とすときにとても苦労してまぶたが痛くなったり、まつげが何本か抜けるし、クレンジング剤も目にしみるので、それらは化粧品が入っている箱から放出した。

そして更年期、還暦を過ぎた今は、五十代のときはそうでもなかったのに、しみがあちらこちらに浮き出てきた。肌を守っていた女性ホルモンが、ほとんどなくなって、皮膚の下で虎視眈々《こしたんたん》と表面に出ようと狙っていた奴らが、どっと表面に出てきたらしい。日焼け止めは必ず塗っていたし、日射しが強くなると帽子や日傘でカバーしているつもりだったが、ちょっと対処の仕方が甘かったようだ。

それでもこのしみを人工的に取ろうとはまったく考えていない。だいたい還暦を過ぎたら、こうなるのは当たり前なのである。私の場合は美白ではなく、新たにコンシーラーを導入することで解決した。といってもしみを全部隠すわけではなく、気になる部分のみに使う。還暦を過ぎると、しみひとつ見えないように、地塗りをきっちりしすぎると、不自然な感じがする。気になるところだけちょっと隠して、あとは薄くというのがいいような気がしている。

ある時期から紫外線の影響がいわれるようになって、それからずっと日焼け止めを使い続けていたが、その日焼け止めってどうなのよ、と疑問を持ちはじめ、やがて私には必要がないのではと思うようになった。その理由は、まず肌に合う日焼け止めを選ぶのが、とても難しい。なるべく刺激が少ないものをと、ＳＰＦ値が低いものを選んでも、物によってはかぶれてしまう。やっと合うものを見つけても、二年、三年と使っているうちに合わなくなってきて、また新しく探さなくてはならない。それを二十年以上繰り返してきた。これまで私が使ってきたものの成分を調べた結果、紫外線吸収剤が入っていない日焼け止めにほとんど含まれている、安全といわれているある成分が、私には合わないとわかった。これでベビー用の日焼け止めでもかぶれた理由が理解できた。

オーガニック系の化粧品で、ＢＢクリームがあると知って、肌に刺激がないかもと期待して、私に合わない成分が入っていなかったので買ってみた。カバー力もパウダーファンデーションよりはあるので、これ一本で済めばいいと思ったのだが、塗ったとたんに皮膚の感じで、

「これはだめだ」

とわかり、半日で洗い落とした。しかし、今までできたことがないような、謎の大きな吹き出物がほっぺたにできた。この歳になると傷の治りもとても遅いので、いつまで経っても治らず、

「塗らなきゃよかった」

と後悔した。私のような肌質には、パウダー系のように肌の上にのせるだけのもののほうがよく、オイルが含まれているような、リキッド、クリーム系のファンデーションは向かないようだった。

考えてみればパウダーファンデーションにもSPF値が表示してあり、聞いた話によると、日焼け止め効果は塗ったもののSPFの合計ではなく、そのうちのいちばん数値が高いものの効果しかないらしい。それならば顔に塗ると圧迫感があり、取るのも苦労する日焼け止めはやめてしまおうと決めた。パウダーファンデーションも、長い間使っているうちに、肌の具合が悪くなってくるので、こちらも成分をチェックしながら、使

えそうなものをあれこれ試している。

よく行くデパートに入っていた、敏感肌にも使えるという海外製品の化粧品売り場に行って、美容部員のおばさまに事情を説明すると、

「うちの商品でトラブルが起きたことはありません」

と胸を張っていわれた。色味もチェックしてもらって買って帰り、二、三回使ったらやっぱりかゆくなってしまった。海外メーカーでも日本で作られている製品もあるので、日本仕様になっているのかもしれないが、現在使っているのは、国産のメーカーのミネラルパウダーファンデーションで、コンシーラーと下地用のシルクパウダーをつけた後につけている。最近、このファンデーションを使うと、あれっという感じになってきているので、もしかしたらこの先、また肌に合わなくなる可能性もなきにしもあらずだが、そうなると新たに地塗り用化粧品を探す旅に出なくてはならない。肌の問題については、これがよい、これはだめというのは今だけのことですべて流動的なのである。

眉墨は一本にペンシルとパウダーが内蔵されているもの。頬紅は気に入った色があってずっと使い続けていたのだが、私が気に入ったものは必ずなくなるという定説のとおり、廃番になってしまった。ファンデーションを見つけるよりは楽なはずだから、同じ系統の色でまた探そうと思っている。口紅は今まで使っていなかったものをと、有名ブ

ランドの赤い色を買ってみたが、色は大好きなのだけれど落とした後に、いつまでもくちびるに色素が残るのが気になって使わなくなり、処分してしまった。

このところずっと使っていた口紅も、頰紅と同じく、愛用していたものが廃番になったので、残り少なくなっているものを大事に使っている。先日、この口紅を塗って帽子をかぶって外に出たら、くちびるが痛くなったので、ファンデーションと同じメーカーの、日焼け止め効果があるという口紅を購入してみた。これを重ね塗りしたら同じ条件下でも痛くならなかった。くちびるにも日焼け止め効果のあるものが必要なのかもしれない。還暦を過ぎると、極端にいえば毎日、肌の色や状態が変わるような気がするので、気に入った色に固執しないで、肌に合うもののなかで新たな色を試してみるのもいいなと考えている。

現在、手元にあるメイクアップ用の化粧品は、

＊ファンデーション下地用のシルクパウダー
＊ミネラルパウダーファンデーション
＊コンシーラー
＊アイブロウペンシル
＊頰紅

＊口紅三本（ベージュ系、モーヴ系と、夏用の日焼け止め効果のあるレッド系）
＊リップクリーム

となっている。ファンデーションについては、新しいものを探しはじめたほうがいいような……。これを塗らないほうが確実に肌の調子がよくなってきた。

基礎化粧品も問題なのだが、保湿は大切だと思いつつ、クリームなどを使うと吹き出物ができてしまうので、最近はワセリンを使っている。以前もワセリンを使ったことはあったのだが、普通のクリームと同じように塗っていて、

「こんなにべたべたするのはいやだ」

と使うのをやめてしまった。ところがあるとき、使う量は胡麻《ごま》ひと粒くらいを手のひらにのばし、それを顔面に押しつけるようにしてつけるというのを読んで、驚愕《きょうがく》した。そりゃあ何十倍もの量を塗りたくっていたのだから、べたべたするはずだと自分に呆れ、胡麻ひと粒を守ったら、ちょうどいい具合になっている。

化粧水も合わないものが多いので、ドラッグストアで売っている、スプレー式の温泉水にしている。ファンデーション類は石けんのみでも落ちるものだが、念のために石けんの泡にホホバオイルを三滴くらいまぜて洗っている。オイルは冬場の乾燥するときにも使っている。

持っている化粧品はポーチひとつにすべて収まる量だが、肌に艶が出るファンデーションがあると聞くと、試してみたいと心は揺れる。しかし私のような肌質の人は、今使っているものに問題なければ、新しいものに手を出さないのがいちばんいいらしい。効果があるものは必ずといっていいほど私の肌に合わないので、トラブルが出ない現状を維持することが大事であり、化粧は自分が考える身だしなみ程度で十分と納得させているのだ。

4　ハイヒール

私は何十年もハイヒールを履いていないが、履いたことがあったかと聞かれたら、若い頃、会社に勤めているときはあった。学校を卒業して会社に勤めはじめた四十年以上前は、トラッド系のフラットシューズや、横浜の有名店のカッターシューズはあったけれど、バレエシューズのように、若い人がかわいらしくお洒落《しゃれ》に履けるフラットシューズはほとんどなく、あるのはおばちゃん向きの、メッシュだったりギャザーが入った、もっこりした形のものしかなかった。いちおう代官山にある広告代理店の営業職で外回りだったので、それなりの格好もしなければならず、そういった服装にはヒールのある靴を履くしかなかったのだ。

学生のときはTシャツにジーンズ、短足隠しのためにはやっていた、厚底のウエッジソールの靴を履いていた。これもヒールの高さは七〜八センチあったが、前も三センチほどの高さがあり、安定がいいので履いていてもそれほど苦ではなかった。しかしたまに道路の段差があるところで、足首がぐきっと曲がり、何度も転びそうになった。だが、厚底靴に比べて、同じ高さでもハイヒールの不安定さは半端ではなかった。もともと甲高幅広の足で、今のように靴のワイズが何種類もあるような時代でもないので、無理やり靴に足を合わせているような状態だった。ただハイヒールを履いて立っているだけで、足がじんじんしてきた。

こんな状態できちんと歩けるわけがない。私の足は絆創膏《ばんそうこう》だらけで、足の小指は変形し、本当にひどいものだった。歩いている姿もとても不格好だっただろう。私が半年で会社をやめようと思ったのは、満員電車がいやだったからなのだが、快適な靴だったらもうちょっと我慢できたかもしれない。世の中の女性はどうしてハイヒールが履けるのだろうか。どこをどうやれば、あんなにさっさと歩けるのか。どうして足首がぐきっとならないのか、階段もさっさと降りられるのか不思議でならなかった。

それを私と同じく、ハイヒールが苦手な友だち二人に話したら、

「ああいう靴は向き不向きがあるんだから、私たちには合うわけないわよ」

と声を揃えていった。たしかに私はそれが必要な会社に勤めてしまったから、履かなくてはならなくなったが、二人ともそういう服装にしばりのあるような勤め先ではなかったので、ハイヒールの悩みはなかった。それはそうだと納得しつつ、次に毎日軽やか

にハイヒールを履いて出社していた、広告代理店の同僚に、

「私はハイヒールが苦痛でならない」

と相談してみた。

「慣れよ、慣れ。私は大学に通っているときから履いていたから」

彼女はにっこり笑った。フランス文学専攻の彼女は、四年間ワンピースにハイヒール姿で通学していたという。四年間の習慣の差は大きい。

「はあ」

私が感嘆の声を上げると、彼女は手にしている雑誌を開いて、

「そんなことよりも見て、見て、これ」

という。雑誌を見ると、日本の有名な美人女優が写っていた。彼女はセンスがよく知性的でスタイルもいいその人のファンだったのだ。

「ほら、ストッキングの幅よりも、足の幅のほうが狭いのよ」

よく見ると、彼女がいうとおり、彼女のハイヒールを履いた足の甲の部分のストッキングが余っている。こんな人がいるのかと、私はびっくり仰天した。ああいった伸縮性のあるものは、目一杯伸ばして穿《は》くものだと思っていたからである。

「このハイヒールも素敵ね。日本にはこんなデザインのものはないもの」

彼女はうっとりとため息をついた。私は一緒に雑誌を見ながら、このような人のためにハイヒールというものがあるのであって、私のように履いてすぐ足がじんじんしたり、脱いだら横幅が拡《ひろ》がって、イカがつぶれたみたいな形になったり、つま先のとんがった部分に太い指がぎゅうぎゅう詰めにされ、足の小指がないことになってしまった人間には、もともと合わないものだと悟った。私は、

「そうねえ」

と曖昧な返事をしてその場を離れた。会社をやめたのはそれから間もなくだった。

ハイヒールは誰もが似合うものではない。似合う人、履きたい人が履くもので、女だから履けばいいというものではないとわかり、それ以来、私はハイヒールを履くべきと思われている服を着るのはやめてしまった。ありがたいことに、ファッションもカジュアル傾向が強くなってきて、デザインが野暮ったくないローヒール、フラットシューズも増えてきた。

またファッション的に考え方も変わってきて、ひらひらとしたワンピースに、定番だったハイヒールは野暮ったいという風潮にもなった。決まりすぎるのは野暮ったいと、そういったファッションにスニーカーやフラットシューズを合わせたりもするようになったのだ。ファッションコーディネートも流動的で、これという決まったパターンでは

なく、みんながそれぞれ着たいように着られるようになった状況に救われたのである。

　ハイヒールを履く理由は何だろうかと考えると、バランスを取るためだろう。だいたい女性は傍目《はため》にはそうではなくても、自分は顔が大きくて太っていると思い込んでいるから、服を格好よく着るためには、足の下に高さを出せば、その分、股下も伸びるし頭身的に顔の分量が小さくなる。私も最初にハイヒールを履いたときは、私よりも身長が高い人は、こんな風景をいつも見ているのかと感激したが、すぐにどうでもよくなった。

　それよりも足の痛さのほうが勝ってしまった。ファッションは我慢であり、安楽に過ごしていると、どんどん緩んでくるといわれるが、できる我慢と、できない我慢がある。人それぞれ我慢できる部分は違うと思うけれど、足が痛いのはどうやっても無理だ。特に私は歩くのが好きなので、二駅くらいは平気で歩きたくなるのだが、ハイヒールは長時間歩くための靴ではない。車移動だったら楽だろうけれども、その靴で小一時間、歩き続けるのは無理なのだ。

　都心に出ると、私と同年輩や年上の女性で、ハイヒールを履いている人もいる。何十年も履き慣れているのだろう。私の周囲にも一人だけそういう女性がいたが、彼女は、

「ハイヒールがいちばん履きやすい。フラットシューズは歩きにくくて」

という。履くと後ろに引っ張られるような感じがするのだそうだ。ハイヒールは重心

が前に行く気がするので、ヒールがないから楽だといわれるフラットシューズが、彼女にとっては不安定になるのだろう。そう思うと単純に「慣れ」なのかもしれないが、私のように合う靴を見つけるのがとても難しい足の人と、ハイヒールにふさわしい足を持った人の、二種類の足の人がいるのだ。私はハイヒールに合う足ではないので、苦痛でしかなかった。

あわせて自分らしいか、らしくないかの問題も大きい。太っている女性でも、素敵にピンヒールを履いている人はいるし、痩せている女性でもハイヒールが似合わない女性もいる。自分がハイヒールが好きで履き続け、慣れているかいないかの問題だ。手入れがされたハイヒールをきれいに履いている人は、どんな体形の人でも素敵だと思う。

きちんと作られたハイヒールは本当に美しい。それは認める。草履でも置いてあるだけでほれぼれする美しいものがあるが、それと同じように、置いてあるだけで、たたずまいの美しいハイヒールがある。私はクリスチャン・ルブタンのハイヒールの現物を見て、これはお洒落な女性たちが、ルブタンと騒ぐわけだと深く納得した。どれも作品として、とても美しい靴だった。ただ美しいと思うのと、自分が履きたい、履けると思うのは別問題である。絶対に私には似合わない靴で、私には私の体形にふさわしい靴があるのだ。

自分がもしハイヒールが難なく履けるような足だったら、履いただろうかと考えてみるが、やっぱり履かなかったと思う。私は背が低いのでハイヒールはバランスが難しい。ハイヒールは平均身長以上の人ではないとバランスがおかしくなる。以前、海外の観光局の招きでその国に取材に行く仕事があって、他の媒体十社くらいからも、取材グループが来ていた。日中はそれぞれの取材場所に行き、彼らとは朝、晩の食事と移動するバスが一緒だった。男性も女性も年齢も関係なく、海辺の町に行くのであればそれにふさわしいカジュアル目の服装をし、改まった場所に行くときは、それなりの服装で出向く。

しかしそのなかで、いつでもどこでもずーっと同じ黒のハイヒールを履いている女性がいた。海辺でもハイヒールなのである。きっと荷物を少なくするために、いちばん礼儀を失しない靴にしたのだろうが、みんながスニーカーで砂浜を歩いているのに、よちよちと黒いハイヒールで歩いていて、現地の人も不思議そうに眺めていた。彼女がどうしてそんなに黒のハイヒールに固執していたのかはわからないが、私と似たような体形だったので、外国に行くことだし、少しでも背を高く見せたかったのかもしれない。黒いハイヒールを見ると、いまだにハイヒールに執着していた彼女のことを思い出す。

私のような体形がハイヒールを履くと、明らかに上げ底でみっともないし、他人の目は関係なくそれで自分が快適ならばいいのだが、苦痛となったら履く理由がない。背が低くても脛《すね》が長ければ似合うかもしれない。ハイヒールは日本的なものをすべて排除しないと似合わないものだ。身長、短足、幅広の足。無理やり足指を中に詰めて、とりあえず格好がついたら見た目は素敵かもしれないが、私は自分が辛いのはいちばんいやなのだ。だいたい、身長が高くなったことで利点があるのは、その分足の部分が伸びたように見えて、多少スタイルがましに見えることだけだろう。それか、あのブランドのハイヒールを履いていると、同性から羨ましがられる快感か。不格好にはなりたくないが、私にとってはハイヒールは苦痛以外の何ものでもないので、これからも縁はないのである。

5　手帳

私はこれまで、何種類か手帳を使ってきた。会社に勤めているときは、特に書きとめておくような自分のスケジュールなどがなかったので、手帳は持っていなかったと思う。まだ記憶力がしっかりしていたので、書かなくても覚えていられたのだろう。その後、書く仕事をするようになってから、仕事先の出版社が、自分のところで出している手帳をくださるようになり、それを使っていた。その後、物書き専業になって、よりしっかりとスケジュール管理をするのが必要になり、当時はやっていた、バインダー式のシステム手帳を購入して使っていた。それまではノート式の手帳がほとんどで、仕様が違うもののなかから、自分が使いやすいものを選んで、そのまま使っていた。しかしシステム手帳は自分の使い勝手がいいレフィルを組み合わせ、自分なりの手帳を作ることができてとても便利だったのだ。

私の場合は原稿の締切を忘れないようにするのがいちばん重要で、一年間のスケジュール、メモ、住所録などがあれば十分だった。私はシステム手帳にしてもレフィルの枚数は少なかったけれど、編集者と会うと、彼らが持っているシステム手帳の厚さが、八センチほどにふくらんでいるのに驚いたものだった。編集者が担当している作家の数は何十人という単位で、それに準じて装丁に関する装丁者やイラストレーターなどとの付き合いもある。社内、社外の人たちとの約束もあるし、自分の生活のスケジュールもある。それを使い分けようとしたら、あんなに厚くなってしまうのかと驚いた。

システム手帳が売り出される前は、編集者は書き込むスペースが多い、デスク用のスケジュール帳を使っていたり、Ｂ５判のノートに自分で線を引いて使っていたりする人もいた。そういった大判のノートを使っているのは男性が多く、女性は多少の大きさの違いはあるけれど、一般的な大きさの手帳の間にメモや付箋をたくさんはさんで、ぶ厚くなったものを使っていた。きっと男女が持つバッグの大きさとの兼ね合いもあったのだろう。

システム手帳はしばらく便利に使っていたが、中央にリングがあるのが気になってしまい、再び、出版社の手帳に戻った。何年かそれを使った後、たまたま海外のハイブランドの手帳が使いやすいという話を聞いた。その手帳は革製のカバーの大きさが何種類かあり、手帳本体とは別に、住所録のレフィルが付属しており、別売りで白いページのみのメモとして使えるレフィルもあった。カバーに取り付けられたフックで、細かいリングでとじられたレフィルを固定する作りになっている。何種類かのサイズのなかで、A6判くらいの大きさのものは私の小さい手にも収まりがよく、厚みもほどよくて軽い。カバーはほつれたりしたら修理してくれるというし、大きく破損しない限りずっと使える。レフィルさえ交換すれば、半永久的に使えるのも魅力だった。

初期投資は相当かかったけれども、カバーやレフィルの手触りが素晴らしく、やはり違うと感心したものだった。レフィルはリングでとじられているけれど、それもまったく気にならない繊細さで作られていた。その後、保護した子ネコがカバーに毛玉を吐いてしみになってしまったので、一度、買い替えたが、それからは二十年以上、ずっと同じカバーを使い続けていた。高価なので簡単に買い替えられないという事情もあった。カバー本体は変色したり、角がすれたりすることもなく、年月を追うごとに手になじんで、使いやすくなっていった。最初は仏語、英語のレフィルだけだったのが、途中から日本語表記のものも売り出されて、ますます使いやすくなっていたのだ。

最初は、三百六十五日使うものだからと、一万円近い高額なレフィルもふんばって購入していた。紙質もとてもよく薄いのに裏写りをすることもなかったので、欠点は価格だけと思いながら毎年末に購入していた。しかし何年も経つうちに、海外のレートが低くなっているのに、一向に値段は安くならず、それどころかじわりじわりと値上がりするようになった。そして一万五千円になったときに、

「これはもうだめだ」

とあきらめた。私の感覚ではそこまでの手帳のレフィルは必要ないのである。

また、この手帳に合うレフィルが他に市販されていればいいのにと思って探してみたが、代用品は見つからなかった。

私がこの手帳の手触りがいいといったものだから、編集者の何人かが、海外出張の折に免税店で購入していた。私はペンホルダーがついていない、シンプルなタイプを使っていたのだが、免税店で購入したうちの一人の男性が、手帳用のペンを落としてしまった。ところがそのホルダーに入るペンをと文具店に行って探したところ、ペンが太すぎて入らないか、細すぎてホルダーから落ちるかのどちらかで、他の市販のペンのどれにも合わない。微妙な直径でペンホルダーが作られているのだった。

「革は伸びるから、ぐいーっとつっこんだら入るんじゃないの」

といったら、

「僕もやってみたんですが、どうやっても入らないんですよ。うまいこと作ってますよね。その手帳にしか使えないように」

と嘆いていた。「一度買ったら離しません」方式なのだった。

本当に他に使えるレフィルはないかとインターネットで探してみたら、みんなこの手帳のレフィルの価格の高さに苦労しているようで、いくつかの代用できるメーカーがわかった。しかし私が第一、第二候補に挙げたものはどれも品切れだし、他のものをと大型文具店に行って現物を見たら、

「うーん」

といいたくなった。たしかにそれらの価格は十分の一以下なのだけれど、手触りや紙質がどうも納得できなかった。あまりにカバーとのバランスが悪く、私はそのブランドの革製のカバーに代用品をつけて使っているほうが、その手帳を使わないよりも、みっともない気がしたのである。

それからは手帳探しの日々がはじまった。長い間この手帳の仕様に慣れていたため、使い勝手のよい仕様が自分なりに決まっていた。最低、月ごとの書き込み式ブロックカレンダーと毎日の用件が書き込めるページが欲しい。私はひと月単位で仕事の流れを見るので、手帳の見開きが一週間だと全体のスケジュールが把握しにくいのだ。住所録とメモのレフィルはこれまで使っていた手帳のものを継続して使うことにしたので、手帳本体になくても問題はない。

書店、文具店はもちろん、雑貨店に行くと手帳のコーナーで、あれこれ手に取ってみたけれど、どれもしっくりこない。書き込み式ブロックカレンダーと数ページのメモページのみの、薄型の手帳も悪くはなかったが、やはり毎日のスケジュールを細かく書き込めるページが欲しい。私は電車に乗って外出するときに、電車の発車、到着時刻、駅の出口番号、現地への簡単な地図などを書き込んでおくので、スペースも必要なのだ。

再びインターネットで調べてみると、親切にも手帳や書き込み式ブロックカレンダーをプリントアウトできるようにしてくれている方もいる。「よかったら気持ちでいいのでお支払いくださるとうれしいです」という控えめな方も多く、様々なタイプのものが提供されていた。書き込み式ブロックカレンダーを一年分、十二枚をプリントして、ひと月ごとにたたんで手帳に挟み込み、手帳は見開き二週間の薄いものを購入すればいいかとも思ったが、ばらける可能性が大なので、それも使いにくい。

私は仕事をしている食卓の背後には、毎年、岩合光昭《いわごうみつあき》さんの大判のネコカレンダーを掛けている。書き込み式ブロックカレンダータイプで、そこに締切日や予定を色分けして書き込んでいる。これがあるのだから、手帳のブロックカレンダーはいらないのではとも思ったが、打ち合わせのときに、スケジュール等を聞かれて、あっちこっちページをめくるのが面倒くさいので、ひと月がすぐに見渡せないと都合が悪い。となると、プリントアウトをするかというところに戻り、でもばらけると困るという堂々巡りになってしまった。

　たしかにカレンダーと手帳に同じ内容を書くのは無駄かもしれない。物品の無駄はわかりやすいけれど、こういった自分の作業については、あまり考えたことはなかった。しかし家事はなるべく簡素化しようと考えるのだから、仕事についても同じ感覚でいたほうがいいと思うのだが、手で書くのが好きなのか、カレンダーと手帳に同じ内容のことを書いても、辛いとも面倒だとも感じない。どちらかというとうれしかったりする。しかし無駄かそうではないかと聞かれたら、明らかに無駄な労力なのは間違いないのだ。

　だいたい書店や文具店に並んでいる手帳は、同じメーカーのものが多いので、何軒まわってもあまり差はない。が、いちばんの問題は、老眼で細かい文字が見えにくくなってきたことだ。私はふだん裸眼でも見えるので、外では視力矯正用の眼鏡はかけない。家で仕事をしたり本を読んだり、和裁や編み物をするときだけ老眼鏡を使う。しかしコンパクトな手帳を求めると文字が小さいし、文字の大きさを求めると手帳自体が大きくなる。

「このままもうひとまわり小さかったら」「これでもうちょっと大きかったら」となかなか気に入ったものがない。スケジュールが書き込めればいいというものでもないので、デザインも無視できない。いかにもおやじが使うようなデザインのものは敬遠したいし、ファンシーなのも困る。デザインも大きさもよかったので中を開くと、花柄が全面に薄いタッチで描かれてあったり、無駄なお飾りやイラストが多かったりで、数はたくさんあるものの、これっというものが何か月も見つけられなかった。

ある日、定期購読している雑誌に、新しく手帳を発売すると書いてあった。以前にもその版元から手帳は販売されていた。薄型でシンプルで気にはなっていたのだが、例の手帳をレフィルの価格の高さに不満を持ちつつ使っていたため、購入には至らなかった。ところが今回発売されるのは、それよりもやや大形のもので、ブロックカレンダーが中心になっていた。A5判よりもやや小形で、見開きで年間スケジュールのページがあり、毎月のブロックカレンダーと、その月のスケジュールが、毎日一行で書き込めるページがある。コンパクトにまとめられているので、厚さも五ミリ程度と薄いのだ。ただ難点は、表紙のデザインがあまり好みではなかったことで、ビニールカバーがかかっているということは、本体のカバーは印刷されているのではなく、取りはずしができるのかもと期待して注文してみた。

届いた手帳を見ると、ブロックカレンダーの枠がひとつ三センチ角と大きく、記入スペースが広めでゆったりしている。端にメモ欄がもうけてあるのも使いやすそうだ。そしていちばんうれしかったのが、想像したとおり、本体のカバーはただ印刷された柄の紙がかけてあるだけで、それをはずすと真っ白な本体が登場した。これで好きなように表紙をカスタマイズできるではないか。

私はさっそく、マスキングテープが入れてある缶を取り出し、画家のヒグチユウコさんのネコのマスキングテープ、近所の文具店で購入した、実写したネコの顔面がずらっと並んでいるもの、どんこちゃんというネコのマスキングテープを、表紙と裏表紙などに貼り付けて、元のようにビニールカバーをかけた。

「まあ、何とかかわいらしい」

大満足であった。高価なレフィルの十五分の一の値段でこの満足度である。これで例の手帳を使うメリットはなくなってしまった。今までどうして使っていたのかと考えると、使いやすいということはあったが、ハイブランドの手帳を使っている見栄もあったのだろう。しかしこれからはこのシンプルな手帳で十分だ。現在使っている住所録やメモ帳の部分はまだまだ余白があるので、カバーも捨てないで使える。ひとつにまとまった機能が、ふたつに分かれたという部分はあるが、手帳に貼ったイラストや実写のネコの顔を見ると心が和む。手帳を手に取るのが楽しくなってきたのがうれしい。歳を重ねるとうれしいと感じることがだんだん少なくなってくるので、手帳であっても見たらつい頰が緩んでしまうというのは大切だ。見栄を張ったりするよりも、まず自分がうれしくなるのがいちばん大事になってきたのである。

6 結婚

五十歳までに一度も結婚をしていない、日本の生涯未婚率が上昇しているらしい。二〇一五年の国勢調査のデータだと、女性は一四・〇六パーセント、ちなみに男性は二三・三七パーセントとのことである。これを見ると私は堂々、この一四パーセントの中に入っているわけだが、類は友を呼ぶというのか、私の仲のいい友だちには独身の女性が多いので、全体的にこんなに少数だと思わなかった。また結婚している友だちでも子供がいる夫婦はいないので、友人関係もちょっと特殊かもしれない。

どうして私がこれまで結婚しなかったかというと、子供の頃から結婚に対する印象がとても悪かったからである。私の両親は懐が暖かいときはとても仲がよかったが、寒くなるとたんに険悪になり、毎日喧嘩《けんか》していた。残念ながら懐が暖かくなるときがとても少なく、極寒の地に等しいような寒さだったので、一年のうち、三百六十日は喧嘩している有様だった。

家計は個人でデザイン事務所を営んでいた父が握っていて、収入があるとまず自分の欲しいものを買い、その残りで私たちが生活するというシステムだったので、母としてもいちいち、

「お金をください」

というのも面倒だっただろうし、自分の手に自由になるお金が欲しかったのだろう。しかし父は母が働くのを猛烈に反対した。子供の私は理由はわからなかったが、母が男の面子《メンツ》がどうのこうのといっていたので、

(ああ、その男の面子とやらで、反対されたのだな)

と思っていた。

覚えているのは、生活費が足りなくなったので、母がお金をくださいといったら、父が、

「この間渡したのに、なくなるはずなんかない」

といい張る。それでも母が引き下がらないので、今度は、

「家計簿を持ってこい」

といった。そして母が家計簿に使っていたノートを見せると、それを見てうーんとうなった後、突然、タンスの引き出しを開けはじめた。

「そんなところを見たって、へそくりなんかしてませんよ」

母は呆れた顔で座っていた。私は、お金を渡したくないものだから必死にへそくりを見つけようとする父と、呆れ果てている母の姿を見て、どうしてこんな二人が一緒に住んでいるのだろうかと、不思議でならなかった。そんな二人でも、父がどこかに勤めていて、何時間か家を空ければ、少しは母も気が紛れただろうが、父は家で仕事をしていたため、四六時中いる。おまけに父は私からも弟からも嫌われていた。理由は、趣味のカメラが欲しかったために、黙って私たち子供の貯金を下ろしたからだった。家族三人から冷たい視線を受けながら、どこを探しても母のへそくりが見つからなかった父は、不愉快そうに財布から千円札を取り出し、母に向かって放り投げた。すると母は、金さえもらえば用はないといった表情で、そのまま買い物に出かけてしまったのだった。

こんな夫婦の姿をほとんど毎日見せられていたら、結婚に憧れるほうがおかしい。しかし今から思えば、こんな両親だったからこそ、私は本が好きになったのではないかと思っている。両親といるのが楽しかったら、一緒にいることで終わってしまい、本を読む時間はない。私はそのいやで面倒くさい現実から逃避するために本を読み、そのなかの空想の世界にひたっては、心を弾ませていたのだと思う。両親も私が本を読んでいると声をかけてこないので、いくらでも読んでいられた。その点では両親に感謝しなくてはならないかもしれない。

　小学校の四年生のとき、どういうわけだか父親にはたくさんの仕事が来て、庭の広いモダンなコンクリート造りの家に引っ越した。一瞬だけ両親は仲よくなったが、すぐに父の仕事は来なくなり、再び連日夫婦喧嘩の日々になった。私はこんな家からすぐにでも出たくて仕方がなくなり、中学を卒業したら働こうと思っていた。ちょうど林芙美子《はやしふみこ》の『放浪記』を読んだ直後だったので、働く女を知り、「夫からお金をもらって生活する主婦ではない立場」を知り、

「私の人生はこれだ！」

　と決めてしまった。いちばん仲のいい友だちに学校の帰りに、私の計画を話したら、

「私もねえ……」

　と小声で話しはじめた。ふんふんと聞いていたら、それが「自分は両親の実の子供ではないとわかった」という、子供にしたら衝撃度が相当高い話で、私の悩みを相談するどころではなくなった。それでも彼女は、「自分でもちょっとおかしいと思っていた」「ふーん、やっぱりという感じ」と淡々としていて、よく話を聞いたら彼女の実の母親は養母の妹、つまり叔母だった。まったく血縁のないところから養女に来たわけではなく、遠くには住んでいるが親戚なので今までに何度も実母には会っていたことになる。

自分でも、

「お母さんとは体形も顔も似ていないのに、どうして叔母さんとはこんなに似ているのだろうか」

と不思議に思っていたといっていた。彼女の養父母は子供ができず、子供が四人いた妹の家から彼女を養女にしたという話だった。別段、友だちが意気消沈しているわけでもないので、私も、

「ふーん」

で終わってしまったが、どうして子供がいないといけないのだろうか。叔母さんのところにいる子供たちをかわいがればいいのに、わざわざ両親から離して、自分の子供として育てる理由があるのだろうかと、私は子供ながらに不思議だった。しかし彼女が養女にならなければ、私と彼女は知り合えなかったので、その点はまあよかったかなと思ったりもしたのだった。

その後、中学に入学しても両親の不仲は相変わらずで、庭の広いモダンな家から木造一戸建ての狭い家に引っ越した。しかしこの頃から父が仕事場を別に借り、母もパートタイムで働くようになったので、顔を突き合わせてのバトルは回避されるようになった。

勤め人と同じように父は、朝に家を出て夜になると帰ってくる。たまに仕事場に泊まる

となると、母親と私と弟は大喜びで、にこにこしていた。中学生になると好きな男の子もできるし、ザ・タイガースのジュリーかピーと結婚できればなあと思っていた。それは現実とは別個の話だった。きっとあんなにわがままで自分のことしか考えていない男はうちの父親だけで、あの人だけが特別に変なのだと思い、他の男の人は違うのだろうと、多少なりとも夢を持っていたのであった。

しかし自分が大学生になり、社会人になると、あれっと首を傾《かし》げることが多くなった。付き合う前は優しくこちらを思いやってくれていたのに、付き合ったとたんに「俺の女」みたいに束縛がはじまる。また恋愛感情がまったくない、会社内にいる男性も、ふだんは大きな口を叩《たた》いているくせに、面倒くさいことは全部女子社員にやらせようとしたり、自分が取引先に謝るのがいやだから、

「かわりに謝っておいてよ」

などという。

「どいつもこいつも、ふだんは大きな口を叩いているくせに、いざとなると女の後ろに隠れて逃げようとするなんて、うちの父親にそっくりじゃないか」

といいたくなった。たしかに父親は極端だったとは思うが、父親に対して私がいやだと感じていた部分を、男性の多くが持っていたのであった。

しかし一方では、世の中の男性には、父親にはなかった、尊敬できる部分もたくさんあった。会社で人を束ねている立場の人は、部下に対して思いやりもあり、心が広い人が多かった。冷静に物事を判断し、部下のことも傷つけないように話を持っていくのは、やはり人格ができていないと難しいと感じた。とはいっても当時は女性でそれだけの立場になっている人はとても少なかったので、男性しかモデルがなかったともいえるのであるが。

学校も卒業し、これから自活をしなくてはならないと考えはじめたとき、私には結婚という選択肢はまったくなかった。当時、四年制大学を卒業した女子学生は、よほど偏差値の高い大学に通っているか、親のコネがあるかでなければ、就職口はなかった。大企業や放送局、大手の出版社も指定校制度をとっていて、会社が指定した大学以外の学生は就職試験すら受けられなかった。一般企業も指定校はないものの、四年制大学を卒業した女子の枠はなかった。

それがわかっているので、教職課程を取っている女子も多かったが、私は先生になる気もないので取らなかった。ただ就職の二文字のために、興味のない、それも子供を教えるという重要な仕事に就くなんてとても私にはできなかった。それは彼女たちも同じだったようで、教職の免許は持っているものの、教師になった人はいなかった。

地方から上京している女子は、いいとこのお嬢さんが多かったので、親元に帰って見合い結婚をするか、親の会社を手伝うかしていた。親のコネで就職した女子も、それと並行してお見合いをして、ずっと勤める気など皆無で、結婚するまでの腰掛けとして勤めていたし、会社も、彼女たちは二、三年後には退社するつもりで、入社させていたのだった。

そんな社会のしくみに対して、私は、

「それが許されていいのか」

と怒っていた。親のコネを使う学生も気に入らないし、どうせ長く勤めないと思っている会社側の態度もいやだった。

「こういう奴らがいるから、一生、まじめに働こうとしている女子学生がつぶされていくのだ」

コネで誰それが大企業に入社したという話を耳にするたびに腹が立った。二、三年でやめるくせに、コネ入社の彼女たちのために、一人のまじめな学生の将来が奪われるのである。気概があるのなら、親にコネの話を打診されてもきっぱりと断り、就職戦線で闘えといいたくなった。

一方、私はコピーライターを目指して、代官山にあった、懐が深い広告代理店に何とかひろってもらった。給料も男女差がなく、同じように働かされた。しかし体が持たずに半年で退社した。三十歳までに六つの会社を転職し、最後に勤めた小さな出版社には六年半いた。その会社の社長も編集長も、私の結婚については心配してくれて、私が相談したわけでもないのに、

「どうしたらいいいんだろうねえ」

と悩み、

「子供が生まれても働き続けてくれていいから」

ともいってくださった。会社の男性は既婚者二人、他に出入りするのはお手伝いの学生ばかりという環境では、男性と知り合うきっかけもないだろう、と思ってくださったのかもしれない。二十四歳から三十歳になるまで、この会社に勤めていたが、しかし結婚を考えたことは一度もなかった。それよりも会社の了承を得て書く仕事をはじめたばかりで、そちらの仕事と会社の仕事を両立させるのが精一杯で、恋愛に興味を持つような状態ではなかった。

だいたい男性と知り合うには、自ら外に出ていかなくてはならない。しかし私の趣味は読書、編み物など、インドアのものばかりだったし、人混みが苦手なので、外出するのも好きではなかった。よく、

「ずっと家にいるとつまらない」

と休日のたびに外出する女性もいるけれど、私はまったく逆のタイプだった。そのうえ酒も一切飲めないので、そのような場所で結婚できる可能性のある男性と知り合うきっかけもなかった。そして三十歳になった年に私はその会社をやめて、物書き専業になった。

私は三十歳までは自分が一生それで生活していける仕事を探す期間と決めていて、三十歳を過ぎたら落ち着いて、仕事をしようと考えていた。その選択肢のなかにフリーランスの仕事はなかった。収入が不安定なのは痛いほどわかっていたので、会社員として勤めるのがいちばんいいと思っていた。こういう状況だったので、男性と交際するとか、結婚するなんて二の次、三の次で、まず自分が経済的に自立できる仕事を得ることがいちばんだった。その後、まあ自活できる仕事が見つかり、心理的、経済的余裕もできたとき、ふと周囲を見たら男性が見事に姿を消していたというわけなのだった。

私と同年輩の男性たちの考えはまだ古く、「女は結婚したら家に入るもの」「百歩譲って子供が生まれるまでは働いてもいいけれど、子供ができたら家庭に入るべき」という考えの人が多く、ちょっといいなと思っても、そういう話をされると、撤収するしかない。もし私が結婚したいタイプだったら、したいと思った相手に対して、一生懸命に自分の考えを説明し、理解してもらおうとしたかもしれない。しかし私がそれをしなかったのは、結婚に対して熱意がなかったからだろう。

　結婚を申し込まれなかったというわけではないが、二回とも顔は知っているがろくに話したこともない相手で、当然、交際もしておらず、結婚しようといわれても、

「はあ？」

としかいえずに、その話はそれっきりになった。男性のほうでも、一度、

「はあ？」

などといわれた女性に、もう一度、プロポーズをする気など起きないだろう。

　今でも働きながら子育てをするのは大変だが、以前はもっと大変だった。出産してフルタイムで働いている女性を手伝っていたのは実家の母親が多かった。しかしそういう助けてくれる人がいない場合は、仕事をやめて家庭に入るしかなかったのである。女性も社会に出て仕事を持つようになってきて、経済的にも余裕が出てきた。するとシングルマザーが話題にのぼるようになった。子供を抱えて離婚する女性もいるけれど、夫はいらないが子供は欲しいという人も多くなってきた。

　女性がシングルマザーになるには、様々な理由があるだろうが、それは私には絶対できない人生だった。私が結婚に興味がない理由は、まず男女を問わず、同居人がいる生

活は難しいこと。そして子供が欲しくないことがあった。男性よりも子供のほうが私には難敵だった。男性は大人だから、相手が聞く耳を持っていたら話し合えばまだ何とかなるが、子供は待ったなしだからである。私にとって子供は、私の望む人生の邪魔をするものとしか、考えられなかった。私が望んでいたのは、一人で生きていける仕事を持つことであり、夫や子供のいる家庭ではなかった。そういう生き方は捨てたのである。私が若い頃は、よほど理解のある会社でない限り、一度やめてしまったら、復職するのはまず不可能だった。世間も子供を持ってフルタイムで働く女性にはそこまで理解がなかった。

　自分の前に障壁が立ちふさがると、それをぐいぐいと壊しつつ進んでいくブルドーザーのようなタイプの女性は、強引に壁を壊していくのだろうが、私のようなママチャリに乗っているようなタイプは、とにかく道路の大石、小石をひょろひょろと避《よ》け、大きな壁があるところは通らないという人生を選んだ。障壁を避けるために、結婚もしないし子供もいらない。これが私にとってはベストだったのだ。

　結婚というのは相手と生活を共にしたい、家庭を築きたいという思いからはじまるものだろう。前にも書いたように、私の友だちには結婚をしていても、子供がいる夫婦がいないので、子供について聞いたことはないのだが、世の中の人がどうして子供を欲しいのか、私はよくわからないのである。ただ私が欲しいと思わなくても、世の中にはそれを欲しいという人もいるので、それについてはどうのこうのという気持ちはない。

以前、テレビで、子供を産んだ高校生が、進学を希望していて育てられる環境にはなく、生まれた赤ん坊を、自分たちの子供が望めない夫婦に養子として出すドキュメンタリーを見た。養父母になる夫婦はまだ若く、赤ん坊が家にやってくると、人間ってこんなに喜ぶものなのだろうかというくらい、夫婦で大喜びしていた。それを見てこんなに喜んでもらえるこの赤ん坊も、この夫婦も幸せでよかったと素直に涙が出てきた。子供が大きくなって、事実を伝えるかどうかは、その家族の問題だろう。

私は子供は欲しいとは思わないが、ごく普通の大人の感覚として、子供が困っていたら助けてあげるし、常識的な対応はする。幼児を見てかわいいと感じたりもする。しかし抱っこしたいとか触れたいとは思わない。人間の子には興味がない。動物の子だったらいくらでも抱っこして触りたいと熱望するのにである。私がそんな話をすると、

「自分の子供だったら違うでしょう」

といわれたが、自分の血がつながった子供のほうが、重大な責任があるのでもっと怖い。子供を持ったら考え方が変わるともいわれたが、もし変わらなかったら、生まれてきた子供がかわいそうだ。若い夫婦が、

「自分たちの子供に会いたい」

といっているのを聞いて、とても微笑《ほほえ》ましいと思うのだけれど、夫はいなくても子供が欲しいというタイプではなかった。

私が結婚適齢期と呼ばれていた、今から四十年ほど前は、女性が家にいるのは当たり前の世の中だった。今は、世間の見方、男性の意識の違い、環境などによって、当時よりははるかにましになったが、結婚するのはともかく、子供が生まれて、支援してくれる組織や人が確保できないと、女性が仕事をセーブしなくてはならなくなるのは同じようだ。

知り合いにフリーランスで、先に子供ができて結婚した人がいる。相手は交際していた人というわけではなく、ほとんど初対面に近い男性だった。合コンで出会ったのか、ナンパされたのか、そのへんのいきさつは詳しく聞かなかったが、相手は彼女よりも気持ちが強かったのだろう。彼女は自分の置かれた状況に腹を立てていた。フリーランスでいちばん仕事がうまくいっているときだったし、夫になった男性にも、こんなはずではなかったという気持ちが根底にあるのか、辛く当たっているようだったが、子供が先にできた原因を作ったのは彼女の判断でもあるので、夫ばかりを責められない。

話を聞いていると、夫になった男性は、とても優しくていい人だった。彼は彼女が仕事をすることに対しては、とても理解があったが、現実問題として仕事があったとしても、仕事の現場に赤ん坊を連れていけず、日々、家事と育児に追われていた。しかし子供が大きくなるにつれて、まじめな夫に対する思いやりも出てきて、家庭はうまくいっているようだった。しかし一度、仕事から離れると、以前は月のほとんどが仕事で埋まっていたのに、今は年に二、三回しかない。

一度仕事を断ると、仕事相手は次の候補の人に仕事を頼む。そして二度目も断られると、もう次からは仕事は回ってこない。次から次へと新しい人が出てくるので、そうなってしまうのだ。能力がある人なのにもったいないけれど、時間がとれないのだから仕方がない。そして長い間仕事から遠ざかってしまうと、感覚が戻らないのかどうしても仕事のクオリティが下がってしまうような気がした。彼女に現状について聞くと「復帰して仕事をしたい」といったり、「仕事の時間が不規則なので、もうどうでもよくなった」といったり、気持ちが揺れているようだった。自分の仕事について考えると、したい気持ちもあるのだろうが、自分が働かなくても生活できるという思いが、彼女が仕事へ復帰したいという気持ちを鈍らせているのかなと感じた。シングルマザーだったら、迷う余地などなく一も二もなく仕事をするしかないからだ。

私の周辺でも働きながら出産した女性がいる。出産後の子育てを手伝ってくれる人がいるかどうかや、保育園の問題については大変なようだ。妊娠中の彼女たちと仕事をしていると、以前はミスなどしたことがないのに、妊娠中はミスが多くなる人がほとんどだった。それは彼女たちの意識が集中する優先順位が、仕事が一番目ではなくなっているので当たり前なのだ。重大なミスでもないので、私はそれに対して怒ったことはないが、

「ああ、女の人は妊娠するとこうなるのか」

と生物学的な現象に納得していた。

還暦を過ぎた私など、婚活がどうのこうのというよりも、終活のほうが問題になるような年齢になった。今さら結婚など、一切、友だちとの話題にのぼらないが、結婚しなかったり、子供を持たなかったりしたことを後悔したことは一度もない。私には子供を持たない理由があるのだが、世の中の多くの人の、子供が欲しい理由はいったい何なのだろうか。私が若い頃は、私の考えをいったり書いたりすると、「人間として信じられない」「女性なのにそんな考えの人がいるなんて」などといわれたが、女性が全員、恋愛や結婚に関心、憧れがあり、全員、子供が欲しいと思っているわけではない。でも子供を持つのは大きな経験であるし、それによる喜びが持てるのは間違いない。しかしない人にも子供がいないことによって何らかの経験ができているわけで、子供を育てる

だけがいちばんではない。私はたまたま子ネコを保護してずっと一緒に暮らしているが、人間を育てるのに比べたら、何百分の一の労力しかかからないはずなのに、世の中の親たちは、何て大変なのだろうと、親の大変さを知ったのだった。

人として結婚するのが当たり前。結婚したら子供を産み育てるのが当たり前。その当たり前は誰が作ったのだろうか。欲しくても子供ができない夫婦もいるし、その当たり前がとても怪しい。生物としては繁殖は重要な問題ではあるが。これは私の想像だが、多くの夫婦は子供を持つことに関して、そんなに深く考えていないのではないか。結婚するのは、その先の家庭を想像してのことなので、家族が増えるのは歓迎する出来事ではあるが、子供が欲しくてたまらないのに、できない夫婦に比べて、それほど深く考えていないのではないだろうか。

「できた。それでは産みましょう」

というシンプルな話なのではないか。質《たち》の悪い夫婦だと、児童手当を目当てに、どんどん子供を産み増やし、きちんと面倒をみない輩もいるし、子供がいるのが夫婦として真っ当という考えは違う。子供をこの世に産み出したのならば、責任を持って子供を第一に考えて育てて欲しいが、そうではない親も多くなってきた。結婚して子供がいないと肩身が狭いなどという人もいるけれど、子供がいなければ教育費もかからないし、夫婦で自由に人生を楽しめばいいのではないだろうか。

みんな世間が作った、当たり前を気にしすぎる。外から見た家族の形態を維持するために、夫婦と子供はいるけれど、私が育った家のように、家の中が連日険悪な雰囲気だったら、解体したほうが家族全員の精神状態のためにはいい。そして結婚して子供を産んでかつ仕事をしたいと考えている女性たちが、安心して両立できるようにならないといけないし、子供が欲しい夫婦が過度の負担なく妊活できないと、税金を払っている意味がない。私はその枠からははずれているけれど、したい人がしたいように生きられる世の中になって欲しい。

人は、する、しないを選べる。私の場合は昔からいわれていた「女の幸せ」、結婚して子供を産んで、老いたら子供や孫たちに面倒をみてもらって、彼らに見守られてあの世に旅立つというルートを完全に無視した。すべてしないでやってきた。結婚は繁殖の基だったが、今はそうではなくなっている。結婚をしない人、結婚をしても子供は作らないと決めている夫婦もいる。結婚して子供を持つ夫婦がいるように、そのような夫婦もいていいのだ。結婚もせず、子供もいないと話すと、

「歳を取ったときに寂しいでしょう」

と気の毒そうにいう人もいる。しかし子供や孫がいる人は、みんな寂しくないのだろ

うか。子供を持って一人前というけれど、それでは親になっている人は、みな立派な人なのだろうか。最近問題になっている、クレーマーのおやじ、おばちゃん、老人たちのほとんどは子供や孫がいる人たちなのではないだろうか。子供がいなくても、それなりに様々な経験ができるのだから、子供がいないと云々《うんぬん》というのは詭弁《きべん》である。

自分の人生は自分でしか選べないのだから、他人から何といわれようと、法律に触れない限り、自分のやりたいようにしたほうがいい。イエスよりもノーのほうがいいにくいし、やりにくいのだけれど、百人の人がいたら、百の生き方があって当然なので、自信を持って世の中の基準に対して、ノーといえる人生もいいと思うのである。

7 言葉

自分の周辺のすべてと闘い、勝ち進んでいこうとする、ゲームの中のヒーロー、ヒロインみたいな人がいるが、私はそうではない。たとえていえば私はゲームの中で、いるにはいるが戦力にはまったくならないキャラクターだ。ある程度自分に自信がある人じゃないと、他人と闘おうとは思わないような気がするのだ。

私はもともと自分に自信を持つようなものを持っていなかった。生まれた家庭は、世間的にいう平均的なサラリーマン家庭でもなかったし、商売をしているわけでもなかった。今はフリーランスの人も増えているが、私の父は絵を描いていたので、とても少数派だった。

末っ子の父は親がわりの長兄にいわれて大学を卒業して大手の企業に勤めたものの、こんなところはいやだとすぐにやめてしまい、怒った長兄に勘当されてしまった。当時は会社に所属して定年まで勤め上げるのが正しい男としての在り方で、好きな絵を描いて暮らしているなど、白い目で見られても仕方がなかった。おまけに仕事があるのならまだしも、仕事がないので無職に等しく、明らかに怪しい家だったのだ。

子供でも精神的、経済的な力比べのような争い事は起こる。他人と争う場合、同じ場所に立っていないと争いにはならないが、私はもともとみんなと同じライン上にはいなかった。五十メートル走も同じスタートラインにいれば争えるが、私は一人、トラックのライン引きをしているような立場だった。争うとか闘うとか、いいかえれば張り合うとかのし上がるとか、そういう気持ちさえわかなかった。なので争うような問題が起きなかったのである。
五、六歳の頃は、私はガキ大将として君臨していたが、自分が子供たちの頂点にいたくて、上にいた子に挑んで引きずり降ろしたのではなく、結果的にそうなってしまった。喧嘩も強くてよく男の子を泣かせていた。それもむやみに暴力を振るっていたわけではなく、悪口をいったり、ぐずぐずと文句をいったり、自分よりも貧しかったり弱い立場の子をじとじとといじめる子たちが鬱陶《うっとう》しく、やめろといってもやめないので、手が出たのだった。争うというよりも、叱るといった感覚だったかもしれない。
しかし自分よりも弱い立場の子を泣かせた記憶はないし、もちろん女の子には手を出さなかった。私に泣かされた子は悔しいから親に告げ口するので、彼らの母親が家に怒

鳴り込んできたこともたびたびあった。うちの親は、

「女の子に泣かされるような男が悪い」

といって追い返すので、ますます彼らの母親は怒っていた。しかしその子はそれ以降も、みんなで遊んでいると必ずやってくるのだった。

もちろんいつも彼らが私を不快にさせるわけでもなく、私もいつも暴力を振るうわけではないので、その子たちとも仲よく遊んでいた。しかしそれで自分が偉いとか、強いとか感じたことはなかった。いくら言葉でいってもやめないので、手を出して黙らせただけだった。彼らの母親からしたら、わけのわからないことをしている、変な家の女の子に息子が泣かされたと腹立たしい思いがしたことだろう。

もしも私が他の子と違った、自慢できるようなものを持っていれば、自分は優れている、偉いといった気持ちにもなり、優越感を持ったかもしれない。家がとてもお金持ちの子はそれを自慢していたが、私の家ではとうてい無理な話だった。とても勉強ができるとか、容姿がいいとか、走るのがものすごく速いとか、ピアノを演奏するのがとても上手とかが、子供にとっては優越感にひたれるものだっただろうが、私はそのどれも持っていなかった。勉強は国語と音楽、家庭科の点数はよかったが、それ以外は中の中から中の下、容姿は身長は低いしとても自慢できるようなものではなく、走るのも遅い、ピ

アノはそれなりに弾けたけれども、私よりも上手な子はいくらでもいた。自慢できるようなものは何もなかった。

しかし優越感を持たないかわりに、劣等感も持っていなかった。劣等感がバネになって、「今に見ていろ」的な根性になり、それで世の中で成功する人もいるが、それほどの劣等感もなかったのだ。とにかく子供の頃から、

「まあ、しょうがない」

で過ごしてきた。小学生の頃から白旗を揚げ続けている人生だったので、こちらから争いをふっかける気はさらさらなく、こんな私に闘いを挑んでくる子も皆無だった。私に勝ったとしても、誰も何の得にもならないからである。

しかしなかには中学生になったときに、そんな私にもつっかかって、勝手に闘いを挑んできた子がいた。彼女は頭もよく、走るのも速い子だった。私は小学生の頃から、国語だけは九十点以下を取ったことがなく、大嫌いな読書感想文をいやいや書いても、花丸をつけられて廊下に貼り出されたりした。それが彼女にとっては悔しかったらしく、国語のテストが終わるたびに、親しくもなかった私のところにやってきて、

「あなた、何点？」

と聞いてきた。

「えーっ、私は九十二点」

と点数を見せると、うっと眉間に皺《しわ》を寄せてささっと自分の席に戻ってしまった。

私の点数は見るくせに、絶対に自分の点数は見せない。

あるとき、私たちのやりとりをずっと見ていた私の隣の席の男子が、

「お前も見せなくちゃずるいだろ」

と彼女にいったら、げんこつをくらった。彼は頭を押さえて机の上に突っ伏し、私のほうを涙目で見ながら、

「ずるいよね、あいつ、ずるいよね」

と訴えた。私はうなずきながら、

「ああいう人なんだよ」

と小声でいうと、彼は、

「ああ〜、なんでえ〜」

と悲しげにつぶやいて何度も頭を振っていた。たまに彼女のほうが一点でも二点でも点数が上だったりすると、

「勝った、勝った」

とはしゃいでいた。私としては勝つとか負けるとか、何の競争もしていない。だいた

い全教科的に彼女のほうがはるかに成績がいいのである。国語だけがトップに立てなかったので、私が目の上のたんこぶだったのだろう。勝手に彼女が私に勝負を挑んできて、勝手に騒いでいるので、迷惑だなあと思っていた。

そして国語で新しい文章を習うときは、私がとりあえず漢字を間違えずにすべて読めるということで、必ず最初に教科書を読まされた。それも彼女には気に入らなかったようで、親にいったらしい。これはクラスの父母会で彼女の母親が、

「うちのヤスコちゃんもとっても上手に教科書が読めるので、今度からうちの子に読ませてやってください」

といったので、他のお母さん方がびっくりしていたというのを、出席した母から聞いた。私は自分が最初に国語の教科書を読まされる話も、特に自慢する必要もないので、母にいわなかった。それが自分の娘に向けての当てつけとは知らず、その大胆なアピールに、

「すごいことというわよね」

といやがるというよりも感心していた。

中学校は近隣の小学校からも、生徒がやってくるので、彼女も同じだと思っていたのだが、彼女は近隣の小学校出身ではなく、彼女が中学校に入学するのを機に、遠方から

家族全員が上京してきたと、中学卒業を目前にしたときに聞いた。地元で成績のいい娘のために、親ががんばったのだろう。それを聞いて同級生が引くほどの、彼女の負けまいとするあの根性がわかったような気がした。中学三年生のときに同じクラスになった人に聞くと、

「私は絶対に薬剤師になる」

と宣言していたという。私や友だちは、

「へえ、すごいね」

といっていたのだが、それだったら理数系はともかく、国語の点数に命を燃やさなくてもいいのにと思ったが、理数系の点数のいい男子も、私と同じような目に遭って、困惑していたという話も聞いた。彼女は中学生でありながら、それぞれにターゲットを決めて、彼らより少しでも上にいくように、ひとり相撲ながら自分を奮い立たせていたのだ。

　こんな具合ですべて「中の中」あるいは「中の下」で過ごしてきた私は、平均的なことしかできず、自分ができることは誰にでもできると考えていた。自慢するようなことは何もなかった。それについても恥ずかしいとか悲しいとか思ったことはない。すべて平均的、あるいはそれ以下なので、ごく普通に暮らせて友だちと面白い話をして大笑い

したり、好きな歌を聴いたり本を読んだりして、のんびり過ごせれば十分だった。外に向かって何かを発して自分を認めてもらおうとか、考えたこともなかった。「雨ニモマケズ」の人のように、「ホメラレモセズクニモサレズ」生きていこうと思っていた。

とにかくはなから自慢するものを持たず、自分はこの程度のものと思って生きてきたので、会社の仕事でも最初は失敗も多かったが、慣れれば普通に仕事ができ、また特殊な技術が必要な仕事でもないので、自信を持つには至らなかった。ただ仕事を仕上げるのは速かったので、それは取り柄だとは思っていた。しかしそれは特に他人様に自慢できるようなものではない。人が三十分かけてするものを、自分が十分でできたとしても、余った時間で他の仕事に手をつけられるというだけで、会社員としては立派でも何でもない話である。仕事を終わらせる時間の長短はあれど、私ができることは誰でもできると思っていたのだ。

このようなスタンスだったので、零細出版社のアルバイト（実際はアルバイト代はほとんど払わず、ボランティアに限りなく近かった）の学生さんたちに、編集、雑務を手伝ってもらったとき、あれっと感じることが何度もあった。たとえば書店に直接販売した雑誌代を、事前に先方に連絡をして受け取りに行ってもらうと、その代金を全額受け取ってくることができない。受け取ってはくるのだが、請求書の金額と合わないのである。

請求額は多くても一万円程度の額で、とうてい間違えるような大金ではない。また代金を支払う相手方は、何度も確認して間違いないように準備しているだろうし、こちらも領収書を持たせて、目の前で金額を確認するようにといっている。それなのに、十円、百円単位のお金が合わないのだ。最初私は理由がわからず、

「どうして？　どこかで落としたんじゃないの」

とたずねた。でも彼らはそんなことはないという。もらった金額が間違っていたのだろうかと聞いても、ちゃんともらうときに確認したという。私はズボンのポケットに穴があいていたのではないかとか、お金をもらったときに落としたのではないかとか、いろいろと聞いてみたものの、それらはすべて当てはまらなかった。それならばどうして百二十円、足りないのでしょうか、といいたくなるのだが、受け取ってきた学生も首を傾げるので、狐《きつね》に抓《つま》まれたようだった。

もちろん彼らが途中でお金を抜いているとは思っていないし、そんな小銭を抜いても仕方がない。なのに現実は金額が合わないのだった。すべて別の人だが、そんなことが二、三回あり、私にはわけがわからなかった。いちおう社長に事情を報告し、彼がポケットから小銭を出して補塡《ほてん》してくれたが、社長も、

「どうしてなのかなあ？」

と首を傾げていた。私も、

「さあ」

と同じように首を傾げるしかなかった。

その他、届け物を頼む際、先方の住所と電話番号を書いて渡し、頼まれた学生も地図で場所を確認して出ていったのに、まったく関係のないところに届けに行って、相手にびっくりされて会社に連絡が来たり、様々なことが起こった。信じられない出来事が起こるたびに私は、

「どうしてこんなことが、できないのかしらねえ」

とため息まじりにいってしまった。それが二十代後半の私の素直な気持ちだったのだけれど、その言葉が彼らを傷つけているとは気がついていなかった。

彼らは私の部下のような立場だったので、今でいえばその発言はパワハラに類するものだったかもしれない。ただ私にとっては、請求書と同額のお金をもらってくる、地図で確認した会社に届け物をする、こんなシンプルなことを間違えるなんて、信じられなかった。それは「おつかい」程度のことで、誰もができると思っていたのだ。しかし小、中学生ならともかく、私よりもはるかに偏差値の高い大学に通っている学生がそれがで

きない。私は彼らの信じられない行動に、ええっと驚き、彼らの能力がどうのこうのというより、その起こった事実に驚いたのである。

そういわれた彼らは、自分の能力を否定され、プライドも傷ついたと思う。また読者ハガキの十行ほどの文章を、五行ほどに短くまとめておくようにといっても、一枚に二時間も三時間もかかって、まったく捗《はかど》らない。

「なぜ？」

の連続で、

「どうしてこんなことが……」

の連発だった。

また手先を使う仕事なども、ちょっと練習すればみんなできるものだと思っていた。私は器用か不器用かの二択だったら、器用なほうかもしれないが、こちらも普通だと思っている。優れて器用なほうではない。私よりもはるかに器用な人は山ほどいるからだ。しかし着物を着るときの半衿《はんえり》は自分で縫いつける。面倒くさいという人も、縫うのに慣れれば誰でもできるものだと思っていた。しかし実際はそうではなく、慣れてもがんばってもできない人がいるらしいとわかったのは、相当、後になってからである。そのときはじめて、自分がごく普通の人間で普通にできると考えていることも、できない人がいると知った。やれないのはやらないからで、私ですらできるのだから、やってみたら誰にでもできると考えていたが、どんなに単純で簡単な事柄でも、できない人はできないのだった。

「みんながすることができると思っていることができない人もいる」

とわかってから、「どうしてこんなことができないの」は封印した。やはりそれは他人を傷つける言葉だった。私としては上からいっていたつもりはなく、私みたいな者ができるのだから、あなたもできるはずなのにといったつもりだったのだが、相手が受け取る意味は同じなのだった。反省はする反面、心の底には、

「でも、なんでそうなった？」

と理由を知りたい気持ちがあるのも事実である。

彼らは意図的にやるべきことを失敗しようとは考えていないのだから、結果的によろしくない状態になったのに気がついて当惑してしまうだろう。当人は一生懸命やっているのに、結果が「？」だったら立場がない。もし相手がそれができないタイプの人だったのなら、別の方向から話を持っていくべきだったのに、私が未熟だったので言葉の直球を相手の顔面に投げつけてしまった。当時、顔面にぶつけてしまった方々には、心からお詫びするしかない。

私はどこにも所属していない、フリーランスの仕事なので、会社に勤めて毎日、多くの人と関わっているわけではない。後輩、部下もいない。会社で上の立場にいる人たちは、後輩、部下の性格を考えながら、言葉を選ばなくてはならない。特に最近は自分がちょっとでもマイナスなことをいわれると、信じられないくらいにヒステリックになる性格の人も多いので、本当に大変だと思う。こちらも物のいい方には気をつけなくてはならないが、自分に対してのみ神経過敏になっている人たちには、ぎょっとするような間違いはせず、指導を受けたら素直に聞いて欲しいと願うばかりである。

8　ポイントカード

スーパーマーケットで買い物をすると、レジで、

「ポイントカードはお持ちではないですか」

と聞かれる。これは以前からあったことだが、それに対して持っていないと答えると、以前はそのままスルーされたのが、最近は、レジの担当者が、

「失礼いたしました」

と謝るようになった。そういわれると、

「いえいえ、どういたしまして」

といいたくなるのだが、たしかにポイントカードを持っていないというと、ぷいっと横を向くレジ係がいたのは事実である。

しつこくその場で勧められるのも、何度か経験した。そのたびに、

「結構です」

と断ると、

「どうしてですか。持っていたほうがポイントがついて割引になるし、得なのに」

と呆れ顔になり、「信じられない、こんな人」という顔をされたこともある。声に出すとまた面倒な事態になりそうだったので、

（だっていらないし）

と腹の中でいいながら、レジの精算を待っていた。しかし多くの場合は、持っていないという返事に対して、レジ係がうなずいて事は終わった。きっとしつこさとか、むっとされたような印象を受けたレジ係の応対にクレームをつけた人がいて、「余計なことを聞いて申し訳ありません」といった態度に出るようになったのだろう。

スーパーマーケットではまず起きないが、小さな店舗だとポイントカードをめぐって腹が立つことも多い。以前、オーガニック食品を扱っている店によく通っていたのだが、そこでもポイントカードを発行していて、千円分を購入するごとに店の印を押し、期限内に二十個ためると、次回の買い物で五パーセント値引きしてくれるシステムになっていた。

あるときレジで精算してもらうと、二千円にあと少しで届く金額になった。するとレジの女性店員が、

「あと百八十円で二個押せるから、何か買うものはありませんか」

というので、

「必要なものはみんな買ったのでいいです」

と断ると、そのやりとりを聞いていたらしい他の女性店員が、いろいろと品物を持ってきて私に見せながら、

「これは百八十円、これは二百円……」

と売り込んできた。

「必要ないのでいりません」

と断ると、

「でもあと百八十円ですよお」

ともう一押ししてきた。

「いいえ、結構です」

というと二人は顔を見合わせて、ごり押しはあきらめたようだった。

この店はやたらと「恵方巻」に力をいれていて、節分近くになると予約の勧誘がしつこかった。あまりにしつこかったので、

「自分の家で作るので、いらないです」

と大嘘をついて帰ってきた。

「そもそも恵方巻というのは……」

といいはじめると、こちらが変な客になるので、嘘をついたほうが店から逃げやすかったのである。あまりに何年も続くので、その時期には店に行くのをやめていた。またいつもそうなのではなく、店員さんの入れ替わりが激しいので、しつこい人とそうでない人がいる。これはほとんど博打《ばくち》で、精算してもらっているときに、ああよかったとほっとするときと、しまったと冷や汗が出るときがあった。そして今はその店には行かなくなった。店に入るのにどきどきするのがいやになったのである。

私が買い物をする時間帯は、午前中か早い午後が多いので、スーパーマーケットにいるのは、高齢者か幼い子供を連れた母親、起き抜けに見える男子学生が多い。以前はレジに並んでいるそれなりの年齢の女性は、ほとんどポイントカードを持っていたが、私が買い物に行くスーパーマーケットでは、意外に多くない。

「ポイントカードをお持ちですか」

と聞かれて、首を横に振る人が結構いる。私が見た限りでの話だが、おじいさん、男子学生で使っている人は皆無だった。だいたい男性は、自分が興味がある分野での買い物以外、ポイントカードの類《たぐい》を持ちたがらないのだろうと思う。

以前、テレビでポイントカードを六十枚持っているという女性を見た。財布はポイントカードでぱんぱんにふくらみ、それだけではすべて収まらないので、巾着袋に残りのカードを入れて持ち歩いているという話だった。六十枚ということは六十店ということである。そんなに利用している店があるのかと考えてみると、たとえば外食が多くて、なじみの店があり、そこがポイントカードを出していたら、限りなく増えていくと気がついた。定食屋、カフェ、ラーメン店、居酒屋など、それらに複数の行きつけがあり、女性であれば服飾店、下着店、雑貨店、靴店、化粧品店、ヘアサロン、スーパーマーケットなどなど、あっという間に十枚以上である。そしてそのジャンルのなかで、地域に行きつけがあるとすると、それは六十枚にもなるだろうと感心したのだった。

そもそも私がポイントカードを持たなくなったのは、六十枚持ちの女性のように、全部素直に受け取り、持ち歩いていたら最後、際限がないからである。お札や小銭よりも、ポイントカードで財布がぱんぱんになる。おまけに財布の中に入っている姿もごちゃごちゃして見苦しい。店からすれば客を自分の店に引きつけておく、大事なアイテムなのだろうが、とにかく物を減らしたいと考えている私にとっては、断るしかないのだ。

ところが去年、隣町の今まで行ったことがないスーパーマーケットに入ってみたら、他のものはだめだけれど、果物だけは品揃えが豊富で、質がいいことがわかった。夏は果物を買うためだけにそこに通い、シャインマスカットにはまった。うちの近所のスーパーマーケットでも売っているのだが、値段は安いが品質がよくなかった。しかしそこは値段はある程度するものの、品質がいい。そこで何回か買ったら、レジ係のおばさんが、この金額を買うのだったら、すぐに五百円引きのポイントがつくから、ポイントカードを作れという。断ろうとしたらすかさず彼女はカードを取り出し、

「はい、ここに名前と住所を書いて」

というので、後ろにお客さんがずらっと並んでいることもあり、もらっても使わなければいいやと、カードを受け取って家に帰ってきた。そしてまたシャインマスカットだけを買うために、その店に行き、どういうシステムかわからないまま、ポイントをつけてもらった。

するとこ何回目かの買い物のとき、レジで精算しようとしたとたん、

「パンパカパーン」

とレジ付近から情けないファンファーレが鳴った。いったい何事かとびっくりしていたら、来店人数の区切りがいい何百人目か何千人目かが、千円引きになるらしい。私は何人目かは知らないが、この間の抜けた音の当事者になってしまった恥ずかしさで、レジ係のおばさんの説明もほとんど頭に入らず、ただ、

「はいはい、ああはい、そうですか」

と早口で返事をして、1000円とでかでかと書かれたチケットを握って、逃げるようにして店を出た。こんなことでこれからの人生の大事な運を使いたくないと思ったが、家に帰って少し落ち着くと、やはり千円割引はうれしかったので、次にシャインマスカットを買ったときに使って値引きしてもらい、それ以降はその店には行っていない。ポイントカードも捨ててしまった。

昔はポイントカードを持っていた私と同様のおばさんたちが、それらを持たなくなったのは、店から勧められるままにもらっていたら、あまりに枚数が多くなって、管理できなくなってきたからだと思う。高齢になると徒歩での移動がままならなくなるので、一つの店舗ですべての買い物を済ませることが多くなるだろうが、まだ体が動いて根性のあるおばさんたちは、安くて品質のいいところでと、それぞれ店を選んで買い物をしている。私もそうだ。店によっても品揃えが違うし、野菜はこの店、魚はあの店、肉はあっちの店と、買い物の内容によって行く店を変える。私の場合は七か所ある。もしも全部ポイントカードをもらっていたら、これで七枚になる。カードは小さなものだが、それらがちまちまと財布の中にあると、目障りで仕方がない。よくレジで、

「あら、わからないわ。どれかしら、これかしら」

とまるでトランプのババ抜きをするみたいに、ポイントカードを広げている高齢女性がいて、そこからレジ係が、

「これですね」

と一枚引き抜くといった姿を目撃した。はっきりと店名が書いてあるのならよくわかるが、最近のものはお洒落に作ってあるものも多いので、高齢者にはわかりにくいのだろう。

それでも使いたい人は使えばいい。しかし結局、得なようで店の商法に乗せられているポイントカードはもういらない。気に入っている店はあるけれど、そこで買い物をするだけで満足なので、別に割引がなくても何とも思わない。自分が納得して代価を払えばそれでいいのである。物というのは何でもそうだが、他人が、あれは多い、これは少ないというようなものではない。所有している当人が、ポイントカードが六十枚でも百枚でも、管理できればそれでいいのである。しかし私はまったくそういうタイプではないので、ポイントカードからは永遠にさよならしたのである。

9　クレジットカード

　またまたクレジット会社の不正使用検知システムにひっかかり、二枚持っているうちの、一枚のカードが使えなくなった。前に利用停止になったときは、明らかに誰かに使われそうになったのを、カード会社のおかげで、悪用されないで済んだ。しかし私のカード番号が誰かに知られたのは間違いなく、カード会社からは、新しい番号のクレジットカードが発行されて、それをしばらく使っていたのだが、またひっかかったのだ。

「あー、面倒くさい。もう、やだ」

　新たに番号を変えたものを渡されたとしても、きっといたちごっこで、これから何回、こういうことをしなくちゃならないのだろう。クレジットカードなど、持つのをやめてしまおうと本気で思った。

　その場で自分でカードを使うのではなく、通販でカードを使ったので、私は不正利用されるはめになった。海外ではスキミングされる危険性があるけれど、まあ日本で私が購入するような店は、そういった危険性もないので、カード支払いをしても問題はない。通販をしている一部の会社にセキュリティの甘さがあり、危険があるのはわかった。しかしそれは利用者側からは判断ができない。

カードを使わないことで困るのは何かというと、キャットフード、トイレの砂、自分では運搬できないものを通販で購入するときのみである。うちのネコの好みのものは、近所では売っていないので、通販でまとめ買いをする必要がある。そのときにクレジットカードではなく、銀行振込にすればいいのだが、そのたびに銀行に出向くのと、振込手数料も馬鹿にならないので、ちょっと困っている。ネコを看取った後は、カードなんかなくてもいいと思っているのだが、本当になしで生活できるのかを考えてみた。

たとえば私よりもずっと高齢の方のなかには、クレジットカードを持っていない人も多いだろう。そういう人たちは現金払いの生活で、まったく問題がないわけである。ということは私もできないはずはないのだが、不正使用への心配と同時に、便利さも知ってしまっているのでその狭間《はざま》で悩むのだ。

先日、経済をわかりやすく説明してくれるテレビ番組を見ていたら、最近は現金不可の店が出てきたらしい。クレジットカード、電子マネーのみが利用可で、それによって閉店後のレジと現金の照合の時間が、以前は四十分かかっていたのが、三分ほどで済み、格段に短くなったという。オーダーもタッチパネルなので、人件費も削減でき、これからこのような店舗が増えていくことだろう。

私も学生時代に書店のレジ係のアルバイトをずっとしていたので、閉店後の精算の大変さはよくわかる。早番と遅番が交替する際に、一度、レジを締めるのだが、遅番のたった三時間の勤務でも、金額が合わない場合は、三十分近くかかった。それが十分の一以下の時間で済むのであればとても助かる。

同番組で街を歩いている人々に、電子マネーについて聞いたところ、私と同じく現金じゃないと安心できないという人が多かったが、ほとんどの人がスマホを持っているし、簡単で安全に使えるようなシステムになっていけば、これからは電子マネーが主流になるだろう。私と同世代の六十代が、どれだけスマホを持っているかをインターネットで調べてみたら、五五パーセントだった。携帯は何も持っていない私のような人が、八パーセントほど。残りがガラケーの所有者である。六十代がこれだけスマホを持っているのだから、この先、世の中にクレジットカードや電子マネーのみ使用可、現金不可の店が増えていったら、高齢者も電子マネーを使わざるをえない。

番組では二〇二〇年の東京オリンピックを機に、外国人の訪日が激増することもあり、セルフレジや一〇〇パーセントキャッシュレスを政府でも目指しているといっていた。

たしかに現地通貨への両替も不要で、すべてがカードで支払い可能になれば、便利なことこの上ない。カード等を使うと、現金のときよりも二〇パーセントくらい多く消費してしまうという話は、ずいぶん前に聞いたことがある。国としては金利を下げて預金をさせないようにして、カードや電子マネーでなるべくたくさん国民の消費を促して、景気をよくしようという魂胆に違いない。一方、銀行に預金がないと、企業などへの融資がスムーズにいかないので、その頃合いが難しいらしいが。

私はそのような意識はまったくなかったが、ただ電車に乗るためだけに使っていた、切符がわりのPASMOも、実は一部の店では支払い可能な電子マネーだった。昔は券売機で切符を買い、駅員さんに切符を切ってもらって駅の中に入り、駅で降りるときに切符をまた駅員さんに渡すという手順だったのに、今は改札を通るときには、何も考えずにカードをかざし、ピピッと音をさせて駅の中に入る。それを何も疑わずにやっている。残高をチェックして足りなくなったらチャージする。それは何度も私はやっていた。それを考えると、現金ではない支払いに対しても、短期ではあるが借金になるクレジットカードよりも、不安や怖れを持たなくてもいいかもしれない。

その番組で私が心を動かされたのは、カード、電子マネーを使うと、小銭をたくさん持たなくていい点だった。

「うーん」

私はうなった。小銭はおばちゃんにとって、大きな問題だからである。若い頃のように、ささっと硬貨を指でつまんで出せればいいのだが、どういうわけか自分の意思とは裏腹に、指が思い通りに機敏に動いてくれず、レジの前であたふたする。あまりにあせって百円と五十円を間違えて出したり、ひどいときには百円と一円を間違えて出し、

「す、すみません」

と慌てて財布の中を探る。一円足りなくても物は買えないので、小銭も大切なのだが、本当に小銭の処理には困る。なるべく小銭をためないようにはしているが、スーパーマーケットのレジが混んでいるときに、あれこれ財布の中の小銭を探していると、後ろに並んでいる人に迷惑になりそうなときは、絶対、その分の小銭はあるのはわかっているのにお札を出しておつりをもらう。

そうなると当然また小銭が増える。そのために私はふだん使っている長財布とは別に、小銭用の財布を持っているくらいだ。余分な小銭はこれに入れておいて、少額の買い物のときに、こちらの財布を持っていって、小銭を使い切ったり、長財布の小銭が少なくなったら補充している。しかしカード、電子マネーになったら、財布もいらなくなるし、小さなカードケースだけがあればいい。

「これって、物を減らすことでもあるなあ」

再び私はうーむとうなった。いつもにこにこ現金払いは、所有するものが増えることでもあったのだ。

また現金不可になると、個人の金の動きがすべて記録に残るので、地下で取引されている謎のお金をあぶり出すことができるという。脱税などもできなくなる。それはいいことなのだが、世の中すべてクリーンにしてしまうと、それもまた弊害が起きるような気がする。個人が購入したものをすべて第三者が把握できるのは、恐ろしいことである。よいこと悪いこと内緒のことなどがあって、世の中は動いていく。すべてが明白になって得をするのは個人ではなくて国なのだ。

どうして私は現金払いを優先するのかを考えてみた。私が若い頃は、たとえばアルバイト代は、支給日に封筒に明細書と共に、現金が入っていた。働いている人の給料も、給料袋に入れられて支払われていた。そのような手渡しシステムの会社がほとんどだったと思う。それによって給料日に、明らかにふだんよりは多い現金を持っている会社員が襲われたりする事件も多くて、防犯上は望ましくなかった。

私が学校を卒業して入社した広告代理店は、四十年以上前で給料は銀行振込だった。他の会社に就職した友だちのなかには、まだ給料が手渡しの人もいた。アルバイト代を現金でもらっていた経験しかなかった私たちは、金額が書かれた明細だけをもらっても、あまり働いた気がしなかったが、先輩には、

「現金でもらうと、すぐ使っちゃうから振込のほうがいいんだよ」

といわれて、そんなものかなあと思っていた。社員のボーナスが奪われた三億円事件があってから、企業は給料等の現金の手渡しを見直し、徐々に銀行振込に切り替えるところが増えたという噂もあった。それによって、夫が事前に自分の小遣いを抜き取った、開封した給料袋を妻に渡すことができなくなり、多くの妻に喜ばれたとも聞いた。

昔はお父さんから、給料が入った封筒を手渡されたお母さんと、子供たちが、

「お父さん、ひと月、お疲れ様でした」

と御礼をいう姿も見られた。現金は人間ががんばって働いた証《あかし》であり、家族は感謝し、一家の大黒柱もこれだけやったという充実感を味わえた。金額の多寡は人それぞれだが、自分がやったことを目視できたわけである。

私はそういった経験から、現金を大事にしたいと感じるのだと思う。お金に執着しているわけではなく、自分が様々な思いをしていただいたお金を使って、必要なもの欲しいものを購入する。それを実感したいのだ。

私は高校生のときに、「ａｎ・ａｎ」でカルティエのスリーゴールドのトリニティリ

ングを見たとき、

「絶対にこの指輪が欲しい」

と思った。当時、大卒初任給の二倍以上の価格の指輪なんて、高校生にとっては夢のまた夢だったが、大人になったら貯金して買うと、そのページを破いてファイルしていた。

その指輪は三十歳になったときに、やっと買えた。自分には不釣り合いな宝飾品ばかりが置いてある店内に入り、おずおずと指輪が欲しいというと、店員さんが親切に応対してくれて、やっと指輪を手に入れることができた。クレジットカードは持っていなかったので、一万円札を十枚払って指輪が入った赤い小箱が手に渡されたときの、緊張感と喜びはそれまでに経験したことがなかった。自分が働いて払ったという充実感があった。

それに比べると、カード読み取り機にかけたら、百円でも百万円でもそれで終わり。物が手に入るのには変わりはないが、高揚感にはいまひとつ欠ける。現金を使うということは、それを支払って何かを得るということなので、買いたいものには罪はないが、それを仲介する役目の立場の、感じの悪い店員や人には払いたくない。どうせ買うのなら感じのいい人から買いたい。それがキャッシュレスになった場合、感覚が薄れるのは間違いない。感じが悪いと思いつつ、まあいいかでカードを渡してしまいそうな気がする。そういうことを気にしない人ならば関係のない話だが、私は相手を見て、自分が働いて得たお金を支払いたいと思うので、こういったところが気になるのだ。

ただし現金をちらつかせるのは、スマートではない。カジュアルな店で現金を支払うのは問題ないが、それなりの店で財布を開けて、お札の数を数えて支払うよりも、カード一枚をすっと出したほうが感じはいい。しかし店によっては現金で支払ったほうが喜ばれる場合も多く、こちらはケースバイケースで考えるしかない。

これからキャッシュレスに向かうのは間違いない。私は今後もスマホを持つ気はないので、電子マネーに付随するサービスのアプリは使えない。がんばったとしても、主に交通費用に使っていて、ついでに買い物ができるPASMO、クレジットカード一枚、デパートの顧客カード一枚の三枚を持っているだけで精一杯である。それ以上に複雑なシステムになったら、もうついていけない。物事は急速に進んでいくから、東京オリンピックと同時に現金不可の店が多くなる可能性はある。私がおばあちゃんになる頃、とても近い未来だが、現金はなくなっているかもしれない。そのときあたふたしないために、現金にまつわる情緒的な問題は置いておいて、この現実には徐々に慣れていかなくてはいけないのだろうなと考えている。

10 後回し

私がいちばん魅力を感じ、いちばん怖れている言葉は「後回し」である。後回しほど心のゆとりをもたらし、その一方でのちのちえらいことになる恐ろしい言葉はないといってもいい。

今までどれだけ、物事を後回しにして、えらい目に遭ったことだろう。そもそも私はきちんと物事を処理するのが苦手な性格で、几帳面《きちょうめん》かだらしがないかと聞かれたら、明らかにだらしがないタイプだ。ＯＬのときから仕事はきちんとやらないと、会社にも同僚にも迷惑がかかるので、それなりに優先順位を考えて処理していたが、プライベートはぐずぐずだった。といっても所有品の整理についていえば、まだ所有している物が少なかったので、整理整頓ができなくても、それほどのダメージはなかった。多いのは本くらいのもので、それも大型本棚に縦横に詰め込んで、床に本が置いてなければ、それなりに部屋は整って見えた。

しかし今はちょっと気を許すと、紙関係のもの、たとえば郵便物、書類、手紙、雑誌、買い物をしたときのレシートなどが、すぐに溜まってしまう。郵便物は平日ほぼ毎日届くし、書類は毎日ではないが、出版契約書、一部は日本文藝家協会に委託しているが、それ以外の著作権使用のための許可願、発行明細書、振込明細書などが届く。手紙は一週間に三、四通、雑誌は週刊誌、掲載誌、各版元がご厚意で送ってくださる雑誌類で、月に二十五冊以上になる。雑誌類だけでこれを一年間放置したら三百冊を超え、そのうえ自分の楽しみで買う本や雑誌もあるから、それを放置していたら、すぐに部屋が満杯になるのは目に見えているのだ。

そこで毎日、紙類は後回しにせずに、その日のうちに処理をすることにした。雑誌類も読みたい記事だけを切り取っておき、本体は一週間分まとめて資源ゴミの日に出す。契約書、許諾書などもそのつどサイン、印鑑を押して返送する。振込明細書、レシートも税理士さんに渡さなくてはならないので、毎日、レシートをファイルに貼り、振込明細書はクリップでまとめておく。それでも現在、うちの食卓兼仕事机の上は雑然としている。辞書、仕事の途中にちょっと手に取る本、連載、書き下ろしのテーマなどを書きとめたノートなどを置いているが、それが置きっぱなしというのが大きな問題である。書類の整理で疲れ、机の上の物品を、仕事が終わったあとに元の場所に戻すというのができず、後回しになっている。正直にいえば後回しどころか、手つかずなのだ。

もうちょっと使いやすいようにしなくてはと思うのだが、最近は仕事に追われていて、その暇もない。暇があってもやらなかったのだから、もう自分でも呆れるばかりである。ただ忙しいと理由づけができるので、罪悪感が薄れるのだ。

「えーと、あれ、どこにあったっけ」

と探すのが時間の無駄なので、必要な文房具、辞書、本は目の前に置いておく。すると探す手間が省けるので、時間は明らかに短縮できる。しかし散らかっているのは事実なので、それを見るたびに、

「あーあ、何とかしなくちゃ」

と反省するが、手を伸ばせばいつでも何でも手に取れる状態は捨てがたい。

来客があると慌てて食卓の上のものを一切合切、段ボール箱に詰めてベッドルームに置いておく。すっきりとした食卓の上を見ては、やっぱりこういうほうがいいなとは思うのだけれど、少しずつ段ボール箱の中から必要なものを取り出して、机の上に置いているうちに、段ボール箱は空になり、机の上は元のように物でいっぱいになるのだった。

それでも年々、歳は取るのだから、こちらも少しずつ減らしていかなくてはならない。二十年近く前に、文房具の整理用にオーダーで作ってもらった引き出しが、便箋、封筒、

ハガキ、カードといったものでいっぱいになっている。他の文房具も収まるように、引き出しも整理する必要がある。やらないともうだめだ。これをすれば机の上の文房具はすべて収まるはずなので、後回しにせずに実行しなくてはいけない。

後回しはそのときは時間を作ってくれるけれども、時間は永遠にあるわけではない。十時間しかない枠のなかで、二十のしなくてはならない事柄があったとする。均等に一時間のなかで二の作業をすればきちんと終わるけれども、後回しにした結果、二時間で三しかできなかったら、あとの八時間で十七やらなくてはならない。そのときはできると思うのだけれど、絶対に八時間ではできない。それからこぼれたものが、また新たな二十のしなくてはならない事柄と結びつき、時間が経つにつれてますます忙しくなっていく。だからある時点からは、一時間に五つも六つも事柄をこなさなくてはならなくなり、体力の限界を超えるので、へとへとになってしまう。そこでまたやる気が失せて、しなくてはならない事柄が増えていくという、悲しいエンドレスが続くのだ。

書類、雑誌の処理だけは毎日していても、実際には、上には何ものっていない美しい整った食卓にはほど遠い状態になっているのが情けない。かつては通販の段ボール箱もためこんでものすごい状態になっていたが、こちらもそのつどつぶして週末の資源ゴミに出すという習慣がついたので、問題がなくなった。どれだけ自分に習慣づけられるかがポイントなのだろう。

そのときの特集によっては購入している雑誌があるのだが、そこに登場する主婦の方々は、ハウスキーピングに長《た》けていて、読むたびにびっくりしていた。家族がいるので室内の物の数は少ないというわけではないが、それなりにきちんと片づけられている。どうしてこんなに家の隅々まで、整理整頓、掃除が行き届いているのだろうかと読んでみたら、毎日の作業を学校の時間表みたいに、すべてスケジューリングしているのだった。掃除、買い物、片づけなど。買い物も家族がどれだけ物を食べるかを把握し、買い物をした直後に、下ごしらえを済ませておく。冷蔵庫にあるものを扉を開けずにわかるようにしておき、中身をいつも把握している。掃除も使い勝手がいい掃除道具を自分で作ったり、効率よく掃除をする順番を決めて、それに従って日々、スケジュールをこなしていく。

それを最初に読んだとき、私は自分ではとうていできないし、そういったことができるのは特別な家事好きの人だろうと思っていた。ところがあらためてこういったスーパー主婦の家事ぶりを見ると、これがいちばん効率がいいのではないかと考えるようになった。彼女たちには「後回し」が一切ない。体調が悪いときもあると思うし、様々な事情ですべてがこなせないときもあるかもしれないが、その後回しをした分は全体のほんの少しなので、いくらでも修正可能なのである。やるべきことのほとんどを後回しにする、私のような人間とは大違いなのだ。

　そのなかでいちばん私ができないなと思ったのは、夕食後、家族全員の食器、調理道具を洗った後、シンクの水分をすべて拭き取り、キッチンの床も拭くというところだった。私はひとり暮らしなので、洗う食器も調理道具も、家族がいる人に比べれば何分の一かの量だ。しかし夕食後、食器や調理道具は洗うものの、とてもじゃないけどシンクの水分まで拭き取る根性はない。キッチンの床にはマットを敷いていないので、水などが飛んだ場合は、そのつど使い捨て布で拭いている（調理中なので手ではなく足を使用）。毎日、一日の最後に床を拭くなんて、とてもじゃないけどできない。調理器具や食器をすべて洗い終わった時点で、

「もういやだ。のんびりしたい」

　という気持ちが爆発しそうになり、リビングルームのソファに逃げるのである。そこでもう一押し、シンクと床を拭けば、うちのキッチンはぴっかぴかになるだろう。しかしそれができない。誰かその一押しができるような方法があれば、教えて欲しい。

　私が紙類の処理以外で、唯一、習慣化できたのは、大家さんがマンションの風呂場をリフォームしてくれてから、風呂から上がる前に風呂場の水滴を拭き取ることだけだ。

これはずっと続いている。私の場合、しなくてはならないことの、ごくごく一部しか習慣化していないが、これが面倒くさいとか、いやだと考える暇もなく、当然のことと体が動くようになるには、どうしたらいいのか想像もできない。

衣類の処分も後回しになる場合が多い。ある程度まではぽいぽい捨てられるのだが、そこから減らすのが辛い。よくダイエットで、あと一キロを減らすのが大変といわれるが、それと同じような感覚だ。勢いでどっと減らしてひと息つくと、やったという満足感のほうがまさって、まだ減らさなくてはいけないという使命がどこかにいってしまう。

これだけ減らしたのだから、もういいじゃないかと甘やかして、後回しにしたら最後、減らしたくなくなる。私の経験上、後回しにしたら、一度減らしたのだから、これでいいじゃないかと思うけれど、はじめてこの量の服を見た気持ちになって、処分することが必要なのだ。あれこれ物を処分した結果、私は衣類の処分がいちばん得意かもしれないと思うようになった。ほとんど家にいるし通勤もなく、年齢的なものもあるかもしれない。

後回しをやめれば、あとで自分が楽になるとは重々わかっていながら、いつまで経ってもできない。今まで何も考えずにやっていた事柄を、意識して変えていく、また習慣化していた事柄に新たなことを加えるのは、結構、大変だ。シンクを拭くのも、意を決して二日続けてみたが、三日目には面倒くさくなってやめてしまい、一週間に一度、まとめてがーっと磨いている。しかしこれでさえ、

「ああ、面倒くさい」

とぶつくさいいながらやっているので、推して知るべしである。

やりたくないときに無理にやろうとするとストレスが溜まるので、やりたくなったときにしようと後回し。たまにぽっとやりたくなるときがあるので、そのときにまとめてやると、思いの外作業が大変でぐったりする。こまめにやれば何の問題もないのに、それができない人間はどうしたらいいのだろうか。全部、後回しじゃないのだからいいじゃないかとも思うのだが、せめてあとで、「ああ、面倒くさい」と自分に文句をいわなくてもいい程度の後回しにしなくてはと思っているのだ。

11 SNS

ＳＮＳにはツイッター、インスタグラム、フェイスブック、ＬＩＮＥなどいろいろとあるが、私のようなおばちゃんにとっては、インターネット上にブログというものが登場して、

「へええ」

と感心していたら、あれよあれよという間に、様々なものが登場してきた。それによって人間の腹黒かったり軽率な部分が露呈してきて、問題が起きたりした。どんなものでもいい面と悪い面があり、少しでも悪い面が強調されると、ＳＮＳすべてが悪いようなことになってしまうが、災害時、また個人的に困った人がいた場合、いち早くよりよい報告に向かうようにできるのは、素晴らしい面だと思う。特に動物関連の迷いネコ、迷い犬、迷い鳥などは、それで発見される場合も多く、こういうときにＳＮＳというシステムがあってよかったと感じる。

私は他人様のツイッター、インスタグラムは見るけれど、SNSでいちばん好きなのはツイッターだ。短いのがいいし、なかにはこんな短いなかで、面白いことを書くなと感心する人もいる。ただし一人の悪意のあるさえずりを発端に、同調者が集まってきて集団で大声で鳴くようになると、とてもうるさい。ムクドリの集団みたいなものである。まあそういう輩は無視するのがいちばんではあるが。

フェイスブックは見にくいので好きではないし、いちいち友だち申請するのも面倒くさい。そしていちばん好きではないのは、インスタグラムである。私が見ているインスタグラムは、それなりに年齢の高い方がやっているので、落ち着きがあってとても和む。それでも「いいね！」をしてもらえると励みになると書いてあったりする。それはそうかもしれないが、インスタ映えという言葉を聞くたびに、私は不愉快になる。何でもかんでもインスタ、インスタと騒ぎ、それがまるで生活の中心になっている現実が、まったく理解できない。

ブログという代物がはやりはじめた頃、編集者から「盛ってる」という言葉を教えてもらった。本来は自分の生活はそうではないのに、どこからか画像を調達したり、誰かにやってもらったのに、それをさも自分がやったようなふりをして、「盛る」のだそうだ。たとえば料理を作ったといいながら、ちゃっかり買ってきたものをきれいに並べてブログに載せる。自分の家だといいながら、どこかの見栄えのいい室内の画像を掲載して、結果的には嘘をつくわけなのだ。

以前、人に教えるようなそれなりの立場、年齢の女性が、実家の自分の部屋だといって、雰囲気のある室内の画像を載せていたのに対して、

「それは違う」

と証拠の画像を掲載している人がいた。へええと思いながら見てみたら、彼女が自分の部屋だと紹介していたのは、観光地の喫茶店の店内の一角を撮影したもので、当然ながら画像では調度品がすべて同じだった。

また、盛ってるのとは少し違うけれど、テレビでこんな女性も見た。有名な料理サイトで人気の女性だとのことで、そのサイトに投稿する料理の画像はランチョンマットを使い、きれいな器を使い、一眼レフの立派なカメラで撮影している。しかし実際は、夫や幼い息子には面倒くさいからと簡単な炒《いた》め物のみを作り、フライパンごとテーブルに置く。そして彼らは御飯茶碗を手に、そこからつまんで食べているのを見て、びっくりした。棚には何十枚ものランチョンマットや、きれいな食器がたくさん積んであるのに、家族には男子大学生が作るような簡単なもので、皿の一枚すら出さない。取材をした側も不思議に感じたようで、どうしてこんなに差があるのかと聞いたら、サイトに投稿す

ることでエネルギーを使ってしまい、家族のために料理を作るのは疲れるといっていた。それに対して夫は、

「まあ、仕方がないんじゃないですか」

とあきらめたような発言だった。

私にとっては、

「何だ、こりゃ」

だった。家でどんな食事をしていようと、家族が納得していれば他人が口を出すような話ではないが、

「お母さん、あなた、順番が違うんじゃありませんか」

といいたくなった。またそういった現状を平気で撮影させてしまうことにも驚いた。撮影させたということは、本人は問題がないと思ったのだろう。家族にそのような食事をさせても、自分に「いいね！」がいっぱいつけばそれで満足というわけだ。とにかく他人に対して、自分を実物以上に見せ、そして評価してもらいたい人は、ますます多くなる傾向にあるのだと思う。

それが今の、特に若い女性たちのインスタ狂いである。そんなふうに考えるのは、おばちゃんの私だからだろうと思っていたら、相当年下の人たちも、あれはわけがわから

ないといっていた。ナイトプールがはやりと聞けば、会社が終わってから水着に着替えて屋外プールに入る。そしてプールサイドでポーズをとりながら、インスタ映えする人工着色料の色のきれいなジュースを飲んだり、アイスクリームを食べていたりする。得意げな彼女たちのお利口さんとはいえない顔を見ながら、「絶対、この人たち、あとで腹を下したな」と思う。でも当人は顔色が悪くなろうが腹を下そうが、「いいね！」がたくさんつけばそれで満足なのだ。

どうしてみんな、そんなに「いいね！」が欲しいのか。それも顔も見えない相手の。考えてみれば顔が見える相手から「いいね！」がもらえないから、他人の評価を欲しがるのか。投稿用料理と現実が違う母親も、家族から褒めてもらえないので、他人からの評価が優先になってしまったのだろうか。しかしテレビに出演してしまったということは、裏側がばれてしまったわけで、当人に対する信頼は崩れるのではないだろうか。私は実際の生活ぶりを見たら、そのような人がどんな料理を作っても信用できない気がするが、事実は関係なく、彼女の投稿したレシピがおいしければ問題ないという人も多いのだろう。

たまに私が取材を受ける際、先方は事前にチェックをしようと思ったのか、当日、

「ＳＮＳはされてないいんですね」

といわれることが多い。ブログもツイッターもインスタもフェイスブックもしたことがないので、

「はい」

と答えると、

「どうしてですか」

と必ず聞かれる。答えはいつも一緒で、

「する必要がないから」

である。私は書く仕事でそれで自分のいいたいことはいえるし、それ以上の発信は必要ないのだ。

私自身は毎日見るツイッターがあるし、ブログもインスタグラムもある。それが楽しみでもあるのだが、ほぼ毎日、更新されるのを見ると、

「大変だなあ」

と感心してしまう。私は携帯も持っていないので、それらの作業過程はまったくわからないのだが、もしかしたら想像しているよりも、ＳＮＳの更新は簡単なのかもしれないけれど、何であれ継続させるのは大変な労力だと思う。

そのために本当は必要がないのに、外出して無理に用事を作ったり、会社帰りにプー

ルに入ったりしなくてはならない。ご苦労さまとしかいいようがない。私も原稿を書くネタはどうやって探すのかと聞かれるのだが、探そうと思って探しに行ったことはない。ふだんの生活で私のネタとしてひっかかる人、出来事に出くわす率は、普通の人よりは高いかもしれない。偶然性に助けられているわけである。そんな話をすると、

「はあ、そうですか」

と納得できない顔をされることも多い。エッセイのネタは、特に探そうとして探せるものではないので、私は運がいいとしかいいようがないのだ。

内容はすべて日常のことなので、こんな私がSNSをしたって何も面白くない。イベントに参加するわけでもなく、外出が多いわけでもなく、判で押したような代わり映えのしない毎日である。誰しもがそれほど変化のある毎日を送っているわけでもないだろうから、そこでSNSで「いいね！」をもらいたい人は、毎日、何か目新しい内容にしないといけない。それを作り出す労力に感心するのである。それにはおのずと人の目を引くもの、目新しいもの、それにとびついていくしかない。世の中のインスタ映えするといわれるスイーツや、品物のけばけばしいこと。美しい景色もインスタ映えするといわれたとたん、私にはどうでもよくなってくる。今の人の多くは文章よりも画像重視なので、とにかく目立つものを探しまくる。カラフルだったり、変わった形状だったら、

人の目を引くのは当たり前。私としては、皿の上にのったまんじゅうひとつとか、日本茶が入った湯飲み一個の美しさがわかるのが、日本人なのではと思うのだけれど、最近はそうではないらしい。何か色がたくさんないと物足りなく感じるのは、その人の欲望の度合いが深いのではないかと考えている。

また顔出しというのも微妙な問題で、顔が見えないような角度で撮影したり、首から下だけを撮影していたりする。投稿する側もそれなりに考えているのだろうが、なかには顔を写して目線を入れたり、様々なもので隠しているのは、中途半端も甚だしく、出すか出さないかどっちかにしろといいたくなる。インターネットで自ら顔出しをしている人は自分に自信がある人なのだろう。

この話は他の本にも書いたが、うちのマンションの向かいに建っている、住宅に住んでいる男の子について、何年にも亘《わた》り困っていた。親に買ってもらったのか、小学校高学年から、ベランダにいるうちのネコをBB弾で狙ったりするようになり、許しがたい事態になってきたので、ベランダに多数落ちている証拠の弾を持って、ひとこと苦情をいいに行こうかと思っていた。たまたま食材の買い出しの帰りにその家の前を通ったら、表札に家族全員のフルネームが表記してあったので、興味半分で父親の名前を検索してみたら、簡単に彼のフェイスブックがわかった。そこから勤務している会社もわかり、芋づる式に娘、問題の息子の通学している学校も判明した。その結果に私は恐ろしくなった。

その後すぐにBB弾は発射されなくなったので、私は彼らに文句をいわなくて済んだけれど、私よりももっと腹黒く、復讐《ふくしゅう》したいと思った輩がいたとしたら、簡単に家族の所属がわかってしまう世の中なのだ。親はもちろん娘や息子の写真もアップされていたので、待ち伏せされる可能性もある。今はトラブルがなくても、他人を傷つけたいという輩も多いので、自衛する必要もあると思うのだけれど、SNSは、

「私を見て、見て」

という人だらけ。これでは何が起きても仕方がない。以前は雑誌に掲載する写真には注意を払われたが、インターネットでの画像拡散のすごさは注意を払うどころではない。「見て見て」タイプの人は、できるだけ多くの人に注目してもらいたいからやっているのだろうけれど、いくらハンドルネームを使っているとはいえ、個人にたどりつくのはそれほど難しいことではない。

私は性悪説の人間なので、人は悪い部分を必ず持っていて、各人が自制しなくてはいけないと思っている。しかし今はそれが足りない人が多いので、とてもじゃないけれど、自発的にインターネットという媒体に顔出しはできない。本来はいけないことだが、本

や雑誌から画像を転載する人も多々いるし、仕事上、どうしても避けられない場合もあるので、困った問題ではある。

誰しも自己顕示欲はあるが、SNSをしている人で、自分の覚書、日記がわりではなく、「いいね！」が欲しい人は特にその欲求が強い人なのだろう。そんなに世の中に認めてもらいたいのか。まず自分の周辺に認めてもらうことからはじまるのではないか。結局は、身近な人に認められていない人は、世間にも認められないと思う。それでますますエスカレートしてしまうのかもしれないけれど、インスタ映えなどという言葉に踊らされ、中身がないままにあたふたし続けるであろう人たちに対しては、感心と憐憫《れんびん》の情と近寄りたくないという気持ちがごちゃまぜになり、インスタ映えなどという言葉が、早く死語になるようにと願っているのである。

12 必要のない付き合い

もしかしたら私はとても感じが悪い女だったかもしれない。学生のとき、二十歳を過ぎたら飲酒が可能になるので、授業が終わった後に居酒屋でお酒を飲んだり、コンパがあったりというのは普通だった。しかし私は夕方から夜にかけて、書店でアルバイトをしていたので、そういった日常の飲み会には、ほとんど顔を出さなかった。たまにアルバイトが休みで、飲み会がある日もあったけれど、

「やりたいことがあるから」

と帰っていた。家には読みたい本が積んだままになっていたし、聴きたいレコードもある。とにかく自分のやりたいことが最優先だった。

会社に勤めているときもそうだった。最初に勤めた広告代理店は、就業時間に関しては早朝から深夜までという、ブラック企業並みの激務だったが、そのおかげで社員の退社時間がばらばらで、社内での飲み会は皆無だった。私は営業部所属で、部内ではクラ

イアント一社に対し、担当の少人数のグループ分けをしていたので、仕事で外に出たときにサボって、同じグループの人と喫茶店でお茶を飲んだことは何度もあった。月に一度くらい早く帰れるときは、同僚と晩御飯を食べて、会社の悪口をいいまくったりもした。しかしそれ以降の飲酒をする場所への移動は睡眠時間確保のために断っていた。

小さな出版社にいたときは、宴席にはほとんど出なかった。朝十時から六時まで、ずっと社内にいなくてはならず、銀行に用事があるときだけ外に出られるような状況で、日中は会社に缶詰めだった。雑用の手伝いや、本の配達に来てくれる学生たちには、時給を支払っていなかったかわりに、飲食代はご馳走《ちそう》する。それでもよろしければ来てくださいというのが会社の方針だった。多いときは七、八人になり、仕事が終わるとみんなで飲食店に移動するのだが、私一人だけ、

「それでは失礼します」

と家に帰っていた。その理由は、会社が終わったその後からが、自分の時間になるからだった。みんなと一緒にいるのは、いやではなかった。学生たちの話は聞いていてとても楽しく、面白かったけれど、仕事が終わったらすぐに自分の部屋に帰って本を読んだり編み物をしたり、好きなことをしたかった。私が酒が飲めず、宴会や飲み会にまったく関心がなかったからかもしれない。酒好きな人は、何をさておいても酒席が優先に

なるのだろうけれど、私はそれがいちばんの関心事ではない。その気もないのに参加して、時間を気にしながらその場にいるほうが、楽しんでいるみんなに対して失礼な気がして、「私は帰ります」方式にした。上司が誰もおらず、会社に学生が何人かいたときは、いちばん年長の子にお金をいくらか渡し、

「これでみんなを連れていってあげて」

と頼んで、私はいつものように帰った。もしかしたらみんなと一緒に飲食することで、私の晩御飯代も浮いたかもしれないが、それよりも自分の時間のほうがずっと大事だったのである。

ずいぶん前だが、三十代半ばの女性から、相談を受けたことがあった。彼女は独身で、会社の帰りに社内の友だちと御飯を食べて帰るようになった。最初は会社の愚痴をいったり、仕事の悩みを相談したりと、それなりに楽しかったのだが、最近、いやになってきたという。

「最初は他の人のプライベートな話に興味があって聞いていたんですけれど、そのうち私も含めて、みんなの悩みが堂々巡りで、会って話していても、何の打開策にもなっていないっていてわかったんですよ。いつもだらだらと会って、だらだらと話をして、食べて飲んで、そして夜遅く帰って睡眠時間が足りなくなって。顔はぼろぼろになるし、やら

なきゃならない家事や、自分のしたいことができなくなるし、本当に困るんですよね」

私はふんふんと聞きながら、そもそも女性のそういったおしゃべりは、ただ口から出して発散しているだけで、本気の打開策なんて求めてないのではと話した。

「でも相談されるから、とりあえずアドバイスをすると、相手は『うん、そうだね、わかった』っていうんです。それで決着がついたと思っていたら、また同じことをいいはじめるので、その話は終わったのではと思うんですけど、ちょっとそれは指摘しづらくて。他の人が指摘すると、『でも迷っているから』っていうんです」

「でも迷っているのはその人の問題で、そのことについてみんなにアドバイスを求めても仕方がないよね」

「はい、ですから最初から堂々巡りになっちゃうんです」

「そのグループのなかには、『いつまでも同じことを繰り返しても仕方がない。私たちはその問題に対してのアドバイスはしているのだから、あとは自分で考えて』などという人はいないのね」

と聞くと、そんなこと、とてもじゃないけどいえないという。

「でもそのくらいのことは、いってもいいんじゃないの」

「うーん、彼女の気持ちを傷つけるから、いえないです」

あなたはどうしたいのかと聞いたら、誘いを断って帰りたいのだけれど、どういっていいかわからないという。

「そんなの簡単じゃない。誘われたら『今日は私はやりたいことがあるから帰るね』っていえばそれで済むでしょ」

「えーっ、無理です」

彼女がいうには、もしもそんなことをいったら、やりたいことって何か、私たちと会うよりも重要なことなのか、と追及されるに決まっている。万が一、帰ってこられたとしても、きっと友だちは、付き合いが悪いとか、いったい何をしているのかと、私の悪口をいうに決まっている。それがいやだというのだ。その人個人がやりたいことをやめさせようとするなんて、そんなの友だちでも何でもないんじゃないのと聞いたら、しばらく考えた後、

「でも友だちなんです」

と小声でいった。もしも他の人が、「やりたいことがあるから帰る」っていったら、あなたはどう思うのかとたずねたら、

「やっぱり自分たちの集まりより、大事なことって何かなって推測しますね。彼氏ができたんじゃないかって疑ったり」

という。

「あー、面倒くさい！」

そして私はもう一度、「面倒くさい！」とはっきりと彼女にいった。これはまるで小学生女子のぞろぞろとくっついてトイレに行くような、変な派閥と同じではないか。たしかにそれによって、著しく常識が欠けているとか、他人に迷惑をかけるのならともかく、みんなで集まるときに、今日は自分はやりたいことがあるから、参加しないということすら許されないなんて、いったいどんな人間関係なのか理解できない。

だいたい自分のやりたいことに、そうではない人間を合わせるようにさせるなんて、基本的にそういう関係性の人は友だちではない。彼女は友だちだといったが、

「それは錯覚です」

というしかなかった。彼女が自分のやりたいことがあるので帰るといったとき、

「ああ、そうなの。じゃあ、また今度ね」

といってあげられるのが友だちではないのか。それを後で陰口をいうとか、変でしょうと呆れると、彼女は、

「まあ、そうですねえ」

とはいう。もしかしたら自分が他の人にそういわれたとき、自分たちの集まりよりも

大切なものは何か、自分たちをないがしろにしている理由は何なのかを考えるから、他の人にもいえないのでは。他の人に対してそんなふうに考えない人は、そんなに悩まないと思うけど、どうなのかしらと聞いたら、彼女は黙ってしまった。

「もしかしたら意外に、ああ、そう、で済むかもしれないわよ」

しばらく彼女は考えていたが、

「でもそうあっさりされると、自分はみんなにとって、大事にされていないっていうか、いなくてもいい人なのかなって思ったりもします」

と小声になった。

「はあ?」

彼女は友だちに、そんなことといわないでと何度も引き留められるのがうれしいという。

「あのね、あなたたち、ものすごーく面倒くさい!」

私はもうお手上げだった。きっと彼女の友だち全員は、少なくともこのような考えを持っていて、ぐるぐるとグループの中でそれが巡っているのだろう。誰かがそれを断ち切れば新しい展開になるような気もするのだが、結構、みんなそんな感じが心地いいので、あれこれいいながらもそのままでいるのだ。

会社だけではなく、ママ友の間でも同じような問題が起こると聞いた。その人は専業

主婦で、いろいろとやらなくてはならない家事が多く、できれば早く家に帰りたいのだが、

「びっくりするくらい、みんなだらだらとおしゃべりをして、家に帰らないんです」

という。その場にいない、ママ友グループに入っていない母親に対して、服のセンスがどうのこうの、あの人のご主人は給料がいいらしいとか、どうでもいいことをずーっと話しているのだそうだ。そのグループには主導権を握っている親玉のママが一人いて、その人がひとことというと、ぞろぞろと他のママが追従する状態らしい。

親玉の彼女が、

「幼稚園のお迎えに、あんな服を着てくるなんて変よね」

と顔をしかめると、みんなは顔を見合わせつつ、

「そうよねえ」

と同調する。

「そんなことはないんじゃないかとか、人それぞれでいいんじゃないのとか、反論する人はいないの？」

「思っている人もいますけど、そこでいうと場が荒れるので後でいいます」

「後って何？」

「その親玉がいないときに、みんなで彼女の悪口をいうんです」

「はあ、なるほど」

私に話してくれた彼女は、いいかげん、こんな不毛な時間を過ごすのがいやになり、親玉の号令のもと、一同でファミレスに行くという流れで、

「それじゃ、私は帰ります。さようなら」

と帰ろうとした。すると親玉が、

「ちょっと、何で？　何で帰るの？」

と怒った。義理の両親が来るのでと嘘をつくと、親玉は不愉快そうに、

「それはしょうがないわね」

といって許してくれたという。私が、

「許してくれたっていったいどういう意味なの。親玉は同じ幼稚園児のママなんでしょう。どうしてそんなに権力を持っているの」

と怒ったら、いつの間にか、そういう関係性ができてしまったという。そして彼女は、

「義理の両親が来るという口実はもう使ってしまったので、次は何ていって断ろうかと困っています」

と悩んでいる。しょっちゅう義理の両親が来るというのは疑われるし、亡くなったこ

とにするとと一人に一度しか使えないし、彼らを病気にするのも何度も使えない。

「どうしたらいいですかね」

と聞かれたので私は、

「だから、理由はいわずに、用事があるから帰りますでいいじゃないの。どうしてそんな親玉に、へいこらしないといけないのか理解できない」

といった。その後、彼女は意を決して、不毛なママ友の付き合いを断ち、親玉に何といわれても、

「用事があるので帰ります」

を貫いていたら、そのうち何ともいわれなくなったという。

「そうよ、そんなものよ。小さい子供がいて大変なのに、いつもその不毛な付き合いに参加できる人って、そんなに暇なのかって驚くわ」

そういいつつも、まあよかったと思っていたら、次に会ったときに、

「最近、ママ友の間で、お互いの家に遊びに行くのがはやってて」

という。遊びに来てといわれて、子連れで遊びに行くと、お茶やケーキを出してくれてもてなしてくれて、部屋もきちんと整えられている。

「遊びに行っているばかりっていうわけにもいかないじゃないですか。だから家にも来

てもらうんですけれど、その準備をするのが面倒くさくなってきちゃって」

「そのお宅だって、散らかっているものを、みんなが来るたびに他の部屋に放り込んでいるかもしれないわよ」

「そうかもしれないんですけど、その人の家は広いんですよ。うちは狭いので、散らかっているものを隠す場所がないんです」

私も昔は家に人を呼んでいたが、ネコを飼うようになってからは、この子がすぐに隠れてしまい、ストレスを与えているようなので、お客さんを呼ぶのはやめてしまった。そうなると他人の目を意識しないので、すぐ部屋が乱雑な感じになってしまう。たまには他人の目が入ったほうが、自分のためにもいいのかもしれないけれど、負担になる付き合いを続けなくてはならないのは辛いだろう。

どうしてみんな、自分の気持ちを素直にいえないのだろう。申し訳ないと思うのであれば、そのままを伝えればいいではないか。それでわかってくれなかったり、陰口をいったりするような人は、もともと友だちではないのだ。他人が自分をどう思っているかは、誰しも気にはなるだろうけれど、それは自分が行動を起こした結果に対してであって、自分が相手にどう思われるかを予測して、それによって自分の行動を決めるなんて、一人の人間としておかしくないですかといいたい。自分の悪口をいわれたくないため、嫌われたくないために、自分の不本意な行動、発言をする必要はあるのだろうか。

一度、口に出していってしまえば、あとは楽になると思うのだけれど、その一歩を踏み出すのが難しいのだろう。最近はLINE攻撃をしてくる人も多いと聞くから、うまくそれらをかわす技術も必要なのかもしれない。私にはそのような、圧力をかけて私の行動を制限するような友だちはいないので、経験上の解決法はいえないが、ずっと心に残っている言葉がある。何十年も前に本で読んだのだが、ある高名な作家が、

「自分は依頼された仕事をすべて引き受けることはできないが、失礼がないように断ることはできる」

といった内容の文章を書いていた。この言葉は仕事の上でもプライベートでも、私には重要な言葉になった。

自分はできないのに、はいはいと引き受けていると、いずれは自滅するのは目に見えている。失礼がないように断る方法は、人それぞれ違うだろう。それを考えていかないと、いつまで経っても他人のペースに巻き込まれ続けて、自分の時間も取られ、その結果疲弊するばかりだ。陰で文句をいいながらも、不本意な付き合いを続けている人は、自分なりの「失礼がないように断る」ことを考えていないし、考えようともしていない。他人からいわれてそのとおりに動いていれば、何も考えなくても済む。それで平気な人

ならいいけれど、そうではないのだから、自分の頭で考えなくてはいけない。大人なんだからそのくらい自分でやりなさいよ、それができないのなら、ずるずるとそんな関係のなかにいればいいじゃないといいたいのである。

13 女性誌

私は本と同じく雑誌も好きだったので、小学生のときから少女漫画誌、少年漫画誌を好きなだけ買ってもらっていた。しかし私が好きなのはロマンチックなお話よりも、お笑い系だったので、少女漫画はだんだん面白くなくなって買わなくなり、少年漫画のほうに興味は傾いていた。『おそ松くん』は最高で、ちなみに私の小学校のときのあだ名は「チビ太」だった。私は当時はチビ太と違いおでんは嫌いだったが、このあだ名はとても気に入っていた。少年漫画誌は結構、中学校に入っても買っていたが、少女漫画誌は大学に入って、土田よしこの『つる姫じゃ～っ！』がはじまり、それを読むために再び買いはじめた。少女漫画誌から遠ざかったのは、自分が成長するにつれて、内容と自分の気持ちが離れるようになったからだった。たしかに素晴らしい作品もあったし、子供の頃にひらひらスカートや金髪巻き毛に憧れなかったわけではないが、「私とは関係ない分野のこと」

とだんだんわかってきたのだろう。

鏡を見ると金髪巻き毛でもなく、父親がフランス人でも外交官でもなく、大きなおめめでくるりと上がった長いまつげでもない、平たい顔がいるのだから、最初は憧れていたものの、ないものねだりということがわかり、そんな自分に嫌気がさした。憧れ続けてそれに近づこうとするよりは、自分に近いものを好きになろうとしたのだ。そういったキャラクターは、「チビ太」をはじめ、少年漫画誌のほうに多く登場する。どこか違うと感じながら読んでいたのと違って、少年漫画誌を読むほうが、腑《ふ》に落ちたのである。

高校生になると「ａｎ・ａｎ」「ｎｏｎ‐ｎｏ」は毎号、欠かさず購入していた。それまでは既製服は世の中に出回るようになっていたものの、まだ服は家で縫うものという意識が残っていた。ファッション雑誌であっても、すべてではないが掲載している服の縫い方が載っていた。しかし「ａｎ・ａｎ」「ｎｏｎ‐ｎｏ」はそうではなく、既製服、それもデザイナーの服を販売するブティックの商品を紹介する内容だった。母親や近所の洋裁が上手なおばさんが縫った、心はこもっているかもしれないが、いまひとつ野暮ったい服ではなく、お洒落でかっこいい服がたくさん紹介されていた。どれもこれも私の目を奪った。当時の女性誌は流行だけではなく、真にいい物を教えてくれていた。私は「ａｎ・ａｎ」を読んでいたおかげで、カルティエのスリーゴールドのトリニティリングを知ったし、世界にある美しいものを教えてもらった。

しかし私は縦よりも横幅が大きい体形だったため、掲載されている服をお金を貯めて買ったとしても、絶対に着られなかった。着られずそしてお小遣いではとうてい買えない値段のものばかりだったが、それでも素敵なものを見ているのは楽しかった。そしてあるときふと気付くのである。

「これを見て私はどうするのか」

私のなかではスリーゴールドのトリニティリングは、洋服よりは体形に関係がないため、大人になったら絶対に買うものとしてゆるがなかったが、素敵なデザイン、流行はころころと変わる。「コムデギャルソン」は当時から大好きだったけれど、とうてい高校生に買える値段ではなく、それでも見るたびに美しい服だと胸が震えた。友だちのなかには「ミルク」のファンもいて、原宿のブティックに買いに行ったら、「あなたにはうちの服を売りたくないといわれた」とかで、しょげていた。

特に八〇年代は、今に比べてはるかに店のほうが客よりも威張っていて、ハウスマヌカンと呼ばれていた店員ものすごく感じが悪かった。自分はあの店のハウスマヌカンに好かれていると自慢する女たちもいて、

「どいつもこいつも何考えてるんだ」

と私はいやな感じで横目で見ていた。そんな店に入ったら、私は絶対に無視されるに決まっているので、自主的に立ち入らなかった。

二十代の後半、それほどではないがほどほどに傲慢なハウスマヌカンがいる店の近くで、ばったりかつての会社の同僚と再会した。その会社に勤めているときに、彼女がこの店で服を買うというので、付き合いで一度だけ入ったことがあった。そして今回も店に行くので、一緒に行こうと誘われたのだった。ハウスマヌカンたちに、私は店の客とは認識されず、終始無視されていたし、興味のないデザインの服だったので、私はぼーっと立っていた覚えがある。一方、かつての同僚はその店の常連になっていた。店内ではこちらも常連らしい客の女性を店員二人が褒めちぎっていた。傍で見ていると、明らかに店員二人はお世辞でいっているのに、本人はそれに気がつかずにとても喜んでいる。

（それ、全然、似合っていませんよ）

といってあげたかったが、店員二人が彼女を囲んで、拍手せんばかりに似合うと褒めている。

結局、彼女がたくさんの買い物をして、店を出ていったとたん、その店員二人は顔を見合わせて、

「似合わなくても、勧めたら何でも買うから楽でいいよね」

と笑っているのを見て、こいつら腐ってると思った。さっそく同僚に目撃した話を耳打ちし、もうこんな店で買うのはやめたほうがいいんじゃないのといったら、

「あの人はそうなのよ、センスがないの」

と買い物をした女性の悪口をいった。あんただって帰った後に何かいわれているかもしれないよと、腹の中で思ったことは、その場ではいわなかった。そして同僚は、同じように褒めちぎられてワンピースを買っていた。ハウスマヌカンたちは、相変わらず私には声さえかけてこなかったけれど、腐っている奴らから、こいつはうちの服は似合わないと選別されてよかったとすら思った。

女性誌もある時期は読んでいたが、一見、新しいような気はするが、やっていることは毎年同じとあるとき気がついた。メイク、ファッションも、三年前は膝丈のスカートがいいなどといっていたのに、翌年には短いほうがいいとか、またその翌年には、パンツが今風だとかいってくる。最初はああそうなのかと思っていたが、そのうち、

「流行のデザインとか色だとかいっているが、いったいこれをいい出しているのは、どこの誰なのだ」

と疑問を持つようになった。それによって世の中のお金が動くのは間違いなく、結局は私たちはそれに踊らされているにすぎない。そしてこれを買わないと流行に遅れる、

センスが悪いといわれる、きれいじゃなくなる……。ばかばかしくなって女性誌は買うのをやめてしまった。まったく買わなくなったまま、何十年も過ぎてしまった。

　勤めをやめて物書き専業になってからは、その女性誌から取材を受けることも多くなった。最初は依頼されるまま受けていたが、私の感覚でいうと、女性誌の編集者は文芸の編集者に比べてどこか変だった。フリーライターの女性も、もちろんきちんとした方もいたが、私が若い頃に会った人はほとんどが変だった。私に取材をするというのではなく、一方的に自分の話をし続けたり、着物を着てきて欲しいというので着ていったら、帯合わせが変だと面と向かっていわれたり、妙に挑戦的な人が多かった。年齢的には私よりも二、三歳年上の人で、彼女たちの言葉の端々から推察するに、編集部から依頼された仕事である取材はしつつも、私が本を出していることに対して、何かしらいいたいようだった。

「デビューしたてのこいつを呼び出して、ひとこと文句をいってやりたい」

　といったような状態で、私としてもわざわざ出向いてこんな思いをするのはいやだと、一時期、取材は完全に断っていた。

　それでも担当編集者が、同じ会社から出ている女性誌の取材を受けてくれないかというので、それならばと受けたことは何度かある。あるときは私が選んだ本百冊を掲載するという話だった。しかしそのなかで本の作者の名前と作画の方の名前に誤植があった。私は元文芸にいた編集長をよく知っていたので訂正して欲しいといったが、訂正されなかった。口紅の色番号を間違えたのには、平謝りしているのにである。高名な人名を間違えるよりも、スポンサー第一。雑誌が詫びてくれないので、私が直接その方にお手紙を書いてお詫びした。その編集長は文芸にいたときは、その仕事ぶりで周囲から信頼されている人だった。しかし異動するとこうなってしまう。

「女性誌とはこういうものなのだ」

とよくわかった。

また別の版元の女性誌の仕事で、朝から撮影と取材があった。私が持っているなかで好きなものを紹介する内容だったと記憶しているが、取材前に、

「着物に関することはやめて欲しい」

と釘《くぎ》を刺された。私としては好きなものといったら、まず着物に関するものなので、それはなぜですかとたずねたら、その雑誌で女優さんが着物の連載をしているからという。私としては、

「はあ、それが何か」

といった感じだったのだが、女優さんサイドがそういうことをいうのは考えにくいの

で、編集者が彼女のために他の人物からの着物情報を排除しようとしたのだろう。編集者が気を遣ったに違いないのだが、はっきりいってこんな女性誌の考え方は、ものすごく面倒くさかった。女同士が関係するものは、往々にして面倒くさいのである。その面倒くささが平気な人たちはそれはそれでいいが、そうじゃない人に対して、押しつけてくるなといいたくなった。しかし間に担当編集者が入っていて頼まれた都合上、それをぐっと堪《こら》えて取材を受けた。

撮影のカメラマン、ヘアメイクの女性二人の方は、世界的にも有名で、ジャンルは違えどこのお二人にお目にかかれて、超一流の精神と共にプロの仕事を目の当たりにできたのは本当にいい経験になった。今でもそのときのことを思い出す。しかし社外ライターの女性はひどかった。待ち合わせ時間に遅れてくるなり、ごめんなさいのひとこともなく、テーブルの上に並べられたお菓子を見て、

「えーっ、まだパンが来てないのお?」

と大声を出した。早朝の撮影のときはデニッシュ類を用意するのが現場では普通だったらしいのだが、その準備ができていなかったらしい。態度もがさつで品がなかった。遅れた理由をぐだぐだいっていたが、興味もないので忘れた。相手は私よりも年上だが、

(あんた仕事に来たのか、パンを食いに来たのかどっちなんだよ)

と呆れながら、私はとりあえずは彼女が話しかけてくると、普通に応対していた。ご挨拶をして一瞬で尊敬してしまったカメラマンとヘアメイクのお二人は、デニッシュがあるとかないとかいう、こちらの雑事とはまったく関わることなく、黙々と撮影の準備をはじめていた。あれが現場で様々な人と接しなくてはならない、超一流の人たちの身の保ち方なのだなと納得した。

途中、服を着替えての撮影があり、私はそれまで着ていたカーディガンを脱いで、テーブルの上に置いていた。そして休憩時間にふと見ると、女性誌の編集者がものすごーく首をねじまげて、私のカーディガンの首の部分についている、ブランドのネームタグを見ようとしていた。その日着ていたのは、ヴィヴィアン・ウエストウッドのもので、わざわざネームタグを見なくても、左胸にある土星の上に十字が載っているロゴマークは見えるはずなのだ。そんなにろくろっ首みたいに首を伸ばさなくてもいいのになあ、それともロゴマークを知らなかったのかなあと思いながら、ブランド名を教えると、

「ああ、そうですか、どこで売っているんですか」

と熱心に聞いてきた。

女性誌の中にいたら当たり前のことでも、外部から見ると驚くことが多い。その逆も当然あるだろう。私の担当者が女性誌に配置転換になったとき、その直後から上司に、

「とにかく元の文芸に戻して欲しい」

と希望をいい続けていたという。どうしてかと理由を聞いたら、

「周囲の人についていけない」

と暗い顔をしていた。とにかくスタイリストをはじめとして、彼ら彼女たちは流行しか頭になく、話す内容といったらそれだけ。彼らがいうセンスの悪い人というか、彼らと服装の趣味が合わない人たちに対しての悪口がひどく、笑いものにしていたりして聞くに堪えないという。彼女がプラダのパンツを穿いて出勤したら、何人ものスタイリストに、

「そのパンツどこの？　ラインがとてもきれいだけど」

と聞かれたといっていた。

「褒められるのはうれしいけど。やっぱり違うってわかるのね」

私は電話で相談され、そのパンツは買ったほうがいいと勧めたものだったので、それはうれしかった。

「それはそうなんですけど、このパンツは私の一張羅なので、これ以外のパンツのときには無視されてます。あまりにしつこく聞かれるので、うんざりしました」

文芸編集者が本に興味があるように、女性誌の編集者はファッションに興味があるの

は仕事上、当然のことだ。しかし自分はいつも雑誌で紹介しているような、流行のファッション、ライフスタイルをしていなくてはという強迫観念があるような気がする。たしかにお金はかかっていて、とりあえずは流行の格好をしているが、それより以前にその人には似合っていない場合が多い。雑誌から抜け出したようなスタイルなのに、顔が疲れ果てていて、幸せそうに見えないのもなぜなのだろう。いくつになっても若い人が着るような服が入る体形、しみ、皺のない顔を、様々な手を使ってキープしている人より、ちょっとくらい太っていても、明るくて笑顔が素敵な人のほうが、私はずっと魅力を感じるけれど。それは人それぞれの価値観だから好きにすればいい。その後、元担当者は自分とは相容《あいい》れない状況に、「頭が変になりそうだ」と訴えていたが、希望が叶《かな》い、女性誌から他の部署に異動になった。そのときのうれしそうなメールは忘れられない。

　私の場合は女性誌の一部の裏側を見てしまったので、いやだなと思う面がたくさんあるが、もちろんこのような人ばかりではなく、誠意を持って雑誌を作っている人もたくさんおられる。しかし基本的な路線は同じだと思う。私が同性に対して、いやだなと感じる部分を凝縮したのが女性誌なのである。きっとこれからも女性誌を買うことはない。

14 捨てすぎること

先日、私のこれまでの人生で、いちばん仰天する事件が起きた。私は慌てふためいたり、パニックになったりする性格ではないのだが、このときばかりは本当に驚いた。

晩御飯を食べた入浴前の八時半過ぎのことで、私にとってはいちばんほっとできる時間帯だった。トイレに行って用を足し、トイレットペーパーがなくなったので、新しいものを設置しようと、日用品の在庫も置いている、本置き場になっている部屋にいった。するといつまで経っても水の音が聞こえていた。

うちのマンションは築三十年で、私が住んで二十数年経っている。外装は工事によってきれいになったけれども、室内のあちらこちらに問題が出ている。トイレもたまにタンク内のカップを伏せたような形のゴムの水栓がうまく落ちず、手洗い用の水が延々と流れたり、便器の中に水が落ち続けたことは何度かあった。しかしそれもタンクの蓋を開けて、水栓を調整すれば水は止まった。水の流れる音を聞いて、またそうなったのだろうとトイレに戻ってみたら、便座から水がものすごい勢いで噴き出していて、床が水浸しになっている。そしてそれが脱衣所にまで及んでいるのだった。

それを見てびっくり仰天した私は、風呂場の前に置いてある足ふきのタオルを床に敷いたが、そんなものを敷いても何の役にも立たない。とにかく下の部屋に水が漏れては大変と、水を吸わせるためにタオルをと脱衣所に置いてある引き出しを見たら、不要なものを捨て続けたおかげで、中に入っていたのはフェイスタオルが二枚のみ。バスタオルも処分したので持っていない。この時点で、うちにはこの緊急を要するアクシデントに対して、水を吸ってくれるタオルという代物がないとわかり、私は、

「ひゃあぁ、どうしよう」

と慌ててしまった。正直にいえば大慌てである。

どうにかして便座から噴き出す水を溜めなければと、洗った洗濯物を入れてベランダで干すときの移動に使っている、Lサイズのタブトラッグスというゴムバケツを持ってきて、壁と便器の間にねじこんだ。柔らかいのですきまに入りこんでくれて、本当に助かった。プラスチックだったら明らかに無理だった。噴き出す水はその中に入るようになったけれど、床を濡《ぬ》らさなくなっただけで、水が止まったわけではない。すでに足元は水浸しである。とにかく水を止めようと、ドライバーを持ってきて、トイレ内の水道

管のところにある止水栓を締めようとしたが、固くなっていてまったく動かず、水を止めることができない。そこで私はバケツが水を受け止め続けているのを確認して、一階に住む大家さんのところに走った。

くつろいでいる時間帯のはずなのに、申し訳ないと心の中でお詫びをしつつ、大家さん宅のインターフォンを押し、

「トイレの便座から水が噴き出していて、水浸しになっているんです。下の部屋に漏れていないか心配で」

と訴えた。大家さんが住んでいる部屋には、一度、マンションの外に出ないと行けない。二人で私の部屋に戻るときに、マンション用のオートロック解除のための暗証番号を入れなくてはならないのだが、私はあまりにあせっていて、数字の順番が違った暗証番号を入れていた。

「ああ、違う……」

と叫んだ私に大家さんが、

「はい、私が開けます」

と暗証番号を入れてくれた。

大家さんは私と一緒に部屋に来てくれて状況を確認し、

「これは大変だ。水の元栓を締めなくちゃ。それと下の部屋に大丈夫かどうか聞いてきますね」

といって走っていった。そこへ隣室の方が通りがかり、何かあったのかと聞くので、私が肩で息をしながら、

「トイレから水が噴き出して」

と指をさすと、彼女はトイレを覗《のぞ》いて、

「ああっ、これは大変」

と急いで部屋に戻って、大量のバスタオルを抱えて持ってきてくれた。どうしてこんなにたくさん持っているのだろうかと一瞬、思ったが、本当にありがたく助かった。それを床に敷き詰めるとあっという間にそれらはびしょ濡れになったが、床に溜まっていた水をほとんど吸い取ってくれた。バケツの水もあふれそうになっているので、これは何とかしなければと、水が噴き出した元凶になっている、温水洗浄便座を力まかせにはずし、噴き出した水が便器の中に落ちるようにしたら、やっと気持ちが落ち着いてきた。しかしこのまま水が噴き出し続けていたら、ここからもあふれ出てしまう。

とにかく、ああ、何とかしなければとあせっていると、大家さんが元栓を締めてくれたので、やっと水の噴き出しは止まった。

「はああ」

どっと力が抜けて放心状態になった。水は止まったけれども、これでは風呂場も洗面所も台所も、もちろんトイレも使えない。隣人は、

「うちのを使えばいいわよ」

といってくれたけれども、これからお風呂にも入らなくちゃならないし、寝る前にはトイレにも行く。突然、便意を催すかもしれない。

「早急に何とかならないでしょうか」

と大家さんにお願いすると、懇意にしている業者にすぐ連絡してくれて、幸い三十分ほどで業者が来てくれた。

原因は温水洗浄便座の破損だった。この便座は何年も前から、温水洗浄便座としての機能は失っていた。しかしもったいないので、冬場は通電して温かい便座、その他の季節も普通の便座として使い続けていた。しかし突然、トイレ内の水道管からつながっている、便座本体のホースの部分が破損して、そこから水が噴き出したのだった。トイレは日に何度も使うものだから、不具合が生じたら、多少の水漏れとか、

「ちょっと危ないですよ」

といった便座側からのお知らせがあってもいいはずなのに、本当に突然の水の噴き出

しだった。電化製品にはこういうこともあるとわかった。

「この便座はもう使えませんけれど、どうしましょうか」

業者にいわれるまでもなく、すでに本来の機能は失っているので、

「便座のホースをはずしてもらってかまいません」

とお願いした。

「わかりました。それでしたらすぐに対処できます」

業者は水道管と便座を連結していたホースを抜いて、水道管の分岐部分に金属製の蓋をしてくれた。もう水道管と便座はつながっていないので、絶対に水は噴き出さないし、出しようがない。十分足らずの作業だった。

「はあ」

もう一度ため息をついて、心からほっとした。あの大慌ての大騒動が信じられないくらいの静けさだった。ゴムバケツにいっぱいに溜まった水を風呂場に流すのを、隣人が手伝ってくれたが、二人でも持ち上げることができず、トイレの隣にある風呂場にずるずるとひきずっていって、二人でよいしょといいながら流した。たしかこのバケツの容量は38リットルで、床に敷いた十枚以上のバスタオルはすべてたっぷり水を吸っており、持ち上げるとその重みで水がどっと流れ出てくるほどだった。濡れたバスタオルをゴム

バケツに入れて、そこに入らない分は洗面所のシンクの中に積んだ。下の部屋に水漏れしなかったのが、不幸中の幸いだった。2リットル入りのペットボトルの水を、バスタオルに垂らしても、あんなにびしょびしょにはならないと思うので、60リットル以上は流れ出していたのではないかと思う。

温かい便座として使っていたこの便座をはずすと、元からついていた便座を取り付けなくてはならない。その作業をするような時間がとれないので、しばらくの間はこのまま使うことにして、私は温かくもない明らかにただの便座になった温水洗浄便座のコンセントを抜いた。便座の内部から水漏れしたのに、そこに通電するのはちょっと怖い。座ったとたんに尻から感電するなんて、ものすごく恥ずかしいではないか。そんな話をしたら近所に住む友だちが、

「それではお尻が冷たかろう」

と便座に貼り付けて使う、マットをくれた。

「こんなものでも少しは役に立つんじゃないかしら」

彼女の言葉のとおり、便座の形に湾曲した一対のシートを貼ってみたら、座ったとたんに尻がひやっとなって、思わず立ち上がりそうになるのが、この一枚のシートでそうならない。こういった一見、ちゃちそうに見えるものでも、馬鹿にしたものではないな

と感心した。

トイレ内の水道管に金属の蓋をしてもらったので、どこからも水が漏れるわけがないのに、それでもまだトイレの水を流した後、どこからか水が噴き出してくるのではないかと、ついきょろきょろと見回してしまうようになった。本当に世の中は何が起こるかわからないと肝に銘じた。基本的には私の判断ミスで、温水洗浄便座の洗浄機能が失われたときに、便座は交換するべきだった。もったいないという気持ちから、使える部分があるのならと、残っている機能だけを使い続けていた。それがこんなことになったのである。水道管と連結してあったホースの部分に問題があったのだろうが、あとから見ても私にはどこがどうなって水が大量に噴き出したのか、まったくわからなかった。またなかには便座から火が出た事例もあるそうで、うちのトイレと脱衣所は水浸しにはなり、隣室や大家さんにも迷惑をかけたけれど、火が出るよりはましだったかもと安心したが、あとで恐ろしくなってきた。

もうひとつ反省したのは、あまりにうちにあるタオルの枚数が少なかったことだった。自分が風呂場で体を拭くのは、バスタオルよりも小型のスポーツタオルか、フェイスタオルで、本来の目的に使うには問題はないが、今回のような突発的な出来事に対応するには、あまりにも枚数が少なすぎた。せめてバスタオルが二、三枚あれば、初期の処置としてもっとましな対応ができたような気がするが、とにかくフェイスタオルのうち何枚かは洗濯機の中に入れてあり、乾いている在庫は二枚しかなかったので、どうしようもなかった。

もしも隣人がたくさんのタオルを持っていて助けてくれなければ、大家さんが水の元栓を締めてくれるまで、台所の手ふきタオルやら、手ぬぐいや、シーツまで持ってこなくてはならなかっただろう。しかしそれでも大量にあるわけでもなく、バスタオルにはかなわなかったような気がする。それと柔らかい素材のタブトラッグスがなければ、もっと大変なことになっていただろう。

どの家にもこんなことが起こるわけではないが、起こらないともいえない。うちのように築年数が古いマンションだと、様々なものが接続してあり、年月が経過して見えない部分が劣化すると、このような出来事は十分に起こりうる。本当に何の前ぶれもなく、トイレを使った後に突然、水が噴き出したのである。家の中でも様々な出来事が起こるのだ。

まずタオルを捨てすぎた自分を反省したが、そのためにタオルのストックを多めに持つのもどうかと思った。物を捨てるときにはアクシデントに関しては想定していない。あれこれ考えると、何も処分できないからである。私が物を捨てられなかったのは、

様々な事例を想定して、

「これがあれば安心、大丈夫」

が免罪符になっていたからだ。タオルにしても、雨が続いていたり梅雨時で乾かなかったら困るとか、自分で理由をつけて抱え込んでいた。それがバスタオルは一枚でも乾きにくいし、洗濯も大変なのでフェイスタオルで十分代用できる、枚数もこまめに洗濯すれば多くの枚数は必要なしと、すべて掃除のときの使い捨て布として、カットして使い尽くした。そのあげくがこの有様だった。

私の親世代かそれ以上の人たちが、物を捨てられないというのは、もし何かあったときのためにという気持ちがあったからだ。しかし幸か不幸か、そういう機会はなく物はただ溜まっていった。特に戦争経験者は物資がない生活を知っているので、なるべく家に溜めておく習慣になったのだろう。そのような話を聞くと、

「今はそういう時代じゃないし、何か必要になったら、コンビニでもスーパーでも近くにあるから大丈夫じゃないの」

などと考えていた。しかしこんな突発的な事柄に対しては何も考えていなかった。いちおう天変地異、防犯、防災に関しては、避難グッズ、二重鍵、火災報知器などの対策をとっているけれども、ごく普通の住宅地なので、それ以外に自分に被害が及ぶ出来事

が起こるとは思ってもみなかった。私が被害を被るであろう事例のなかに、

「便座から水が噴き出す」

という想定はなかったのである。

しかし私は運がよかった。水を受けられる大きなゴムバケツをたまたま持っていたこと。後から、以前、所有品を大量処分したときに使った、70リットルのゴミ袋が残っていたので、それを二重にして水を受けることもできたと思ったが、そのときはそこまで頭が回らなかった。そして大家さんが一階に住んでいて、そのうえ在宅中ですぐに対応してくれたこと、業者の手が空いていて短時間で来てくれたこと、そして隣人が、たまたま大量のバスタオルを所有していたことである。もしも大家さんが離れて住んでいて、管理会社とも時間外で連絡が取れず、隣室とも顔見知りではなく、タオルも一枚しかなかったら、完全にお手上げだった。

物を持たないことと、安心安全が一致しないのは、今回のアクシデントで本当によくわかった。物を持っていても本人がパニックになって対処できなければ、何の意味もない。しかし対処したいのに、必要なものがなかったせいでそれができなかったのが、私には悔やまれた。家族がいれば違うだろうし、火に関するアクシデントの場合は、自分でやろうとしないで違う対処の仕方が必要になるけれども、ひとり暮らしだとまず自分

で対処しなくてはならない。

今は何事もなかったかのように、また平穏な日々が戻ってきているが、私はアクシデントの際に、明らかに不足していたタオルの枚数について考えた。基本的には増やす必要はないと決めたものの、再び何かしらの水関係の問題が起きたときの保険として、バスタオルを二枚だけ購入したのだった。

15 カフェイン

コーヒーは子供の頃から大好きだった。両親、特に父親がコーヒー好きだったため、当時から自分で豆を挽《ひ》いていたり、ドリップ式の器具も家にあって、それでコーヒーを淹《い》れて家族で飲んでいた。弟は小学校の低学年なので飲まなかったが、私は小学校の四年生頃から、コーヒーに粉末状のクリープを入れて飲んでいた。毎日一杯は飲んでいたと思う。それからますますコーヒー好きになり、インスタントコーヒーも飲むし、弟もコーヒー好きになったので、彼が豆を挽いたものを家族で飲むこともあった。

高校、大学と喫茶店で飲むものは必ずコーヒーだった。大学の同級生と喫茶店に行って、私たちがアメリカンを注文しているというのに、一部の女子学生が、

「私、クリームソーダ」

「私はミルクセーキ」

などといっているのを聞いては、

（何をすかしているんだろう）

と冷たい目で見ていたりした。当時の私にとってコーヒーは、男女同権の飲み物のようなイメージもあった。

とにかく社会人になっても、コーヒーしか飲まなかった。コーヒーがないと一日がはじまらなかったし、仕事が激務だったときは、寝る時間を削りたくないので、朝、コーヒーだけ飲んで会社に行くこともしばしばだった。小さな出版社にいたときは、事務職でずっと社内にいなくてはならないので、一日に少なくとも七、八杯は飲んでいた。とにかくコーヒーの香りがすると、すぐに飲みたくなる。ごく普通の挽いた粉を購入して、ドリップ式で淹れていたが、どういうわけか私が淹れるコーヒーはおいしいといってくれる人が多く、私も調子に乗って、一日に何度も淹れていた。

そして物書き専業になっても、コーヒーを飲みながら仕事を続けていた。ミルクや砂糖は以前は入れていたが、この頃からはブラックを飲むようになった。様々な豆を飲み比べていたこともあるし、自分で調合して飲んでいたこともあった。コーヒーがおいしい喫茶店と本はほとんどワンセットになっていて、私には欠かせないものになっていた。

ところが忘れもしない三十五歳のときである。近所の喫茶店で打ち合わせをして、そのときはカフェオレを飲んだ。今から思えばそれまではブラックしか飲まなかったのに、一年ほど前から、カフェオレを選ぶようになっていたのは、その前兆だったのかもしれない。打ち合わせの後、隣駅の駅ビルにある雑貨店で、生活用品を買って帰ろうと電車に乗り、その駅ビルのエスカレーターを昇っている途中で、体に異変を感じた。とにかく頭がくらくらしてきて動悸《どうき》が激しくなり、ふだんとは状態が違う。もしかしたらこのまま倒れてしまうかもと思い、急いで家に戻ることにした。途中、何度倒れるかと思いながらも、意外にちゃんとまっすぐに歩いていて、よろめくような状態ではなかったが、頭の中はずっとくらくらしていて、これはいったい何だと思いながら、やっと家に帰ってきた。

とにかくまず水を多めに飲んで、ベッドに横になった。しばらくすると症状が収まり、ふだんと変わらない状態になってほっとした。まさか牛乳を飲んでそんなふうになるとは思えないので、私は自分でコーヒーの飲みすぎと判断して、それ以来、あれだけ好きだったコーヒーを飲むのをやめてしまった。

実は会社をやめた直後の三十歳のとき、左胸に何か違和感があるとびっくりして、友だちに勧められた町内の医院に行った。するとその老齢のお医者さんは、私の顔を見るなり、

「あなた、コーヒー好きでしょう。左肩にショルダーバッグをかけてますね。それ、両

方ともやめて。三か月経ってもまだあったら、また来て」

といわれた。それで私はショルダーバッグをやめ、コーヒーを飲むのもやめた。ところがやめたとたんに頭痛がひどくて、耐えられなくなった。禁を破って試しに一口だけ飲んでみると、嘘のように痛みがひく。これはほとんど中毒になっていると自分でもわかり、私は頭痛に耐えて代わりにほうじ茶などを飲みながら、コーヒーから遠ざかっていたら、胸にあったものはなくなっていた。また同じようなことになるのはいやなので、それからは飲む回数を減らしたけれど、それでも毎日二、三杯は飲んでいた。たまにどうしてもそれ以上コーヒーが飲みたくなったときは、薬剤ではない方法でカフェインを除いた、外国製のカフェインレスのインスタントコーヒーを飲んでいた。輸入食品を扱っている店でも、選びたくてもその一種類しか売っていなかったからだった。気を遣っていたつもりだったのに、三十五歳のときに、どかんときたのであった。

それからはコーヒーをやめて紅茶に切り替えた。カフェインの含有量でいくと、コーヒーのほうが少なかったりもするのだが、それぞれの成り立ちの違いなのか、製造過程の違いなのかはわからないが、紅茶を飲んでもくらくらするような状態にはならなかった。それからずっと紅茶派だったのだが、十五年ほど前から、紅茶もちょっとあやしくなってきた。チョコレートも同じである。何日か間をおけば問題ないのだが、毎日続くと軽い感じではあるのだが、頭がくらくらする。緑茶も同じで、合わないものを飲むと胃が痛くなってきた。日本の緑茶よりも、中国の龍井茶《ロンジン》のほうが私には負担がなかった。カフェインの含有量が少ないといわれるほうじ茶のなかでも、胃が痛くなるものがあったし、そうでないものもあった。紅茶、日本茶、中国茶を様子を見ながら飲み、モデルでもないのに、その間に白湯《さゆ》を飲みながら過ごしていた。

最近はコーヒーも紅茶もカフェインレスが出てきて本当に喜ばしい。もっと前からあってもよかったのにと思うくらいだ。しかしいろいろなものを試してみたところ、カフェインレスコーヒーといいながら、すべてが飲んでくらくらしないかというと、そうではない。完全にはゼロではないので、それは承知しているけれど、まったく大丈夫なものもあれば、カフェインレスのはずなのにと首を傾げるものもある。紅茶の場合はほとんど大差はなく、私の味覚でおいしい、そうではないという銘柄はあるが、どれを飲んでもくらくらすることはない。やはり豆と葉っぱの原料の違いとか、製造過程に何かポイントがあるような気がしている。

気分をしゃきっとさせたいときは、カフェインレスではないコーヒーを、一週間に一度か二度、豆乳を入れて飲む。このくらいだとまったく問題はない。しかし間を空ければいいのだが、続けて飲むと私の体に変化が起きる。軽いくらくら状態もあり、そして

明らかに怒りっぽくなってしまうのがよくわかるのだ。特にうちのネコに対して、ふだんは向こうが何かやらかしても、

「しょうがないわねえ」

と対処できるのに、自分でも驚くくらい、かっとして怒鳴りつけたくなる。それをいかんいかんとぐっと堪《こら》えて、一回、深呼吸をして、

「こんなことをしたらだめでしょう」

と諭す。自分のテンションが違ってくるのが我ながらちょっと怖い。

コーヒーを飲むことによって明らかに仕事のペースが上がるのは喜ばしいのだが、怒りのテンションが上がるのはやはりよろしくない。だからよほど仕事が詰まっていない限り、ずっとカフェインレスのコーヒー、紅茶で過ごしている。ちなみに怒りの部分に関しては、紅茶ではそのような感情は生まれない。私の体の不思議である。

調べたことはないが、私は子供の頃からカフェインを摂取し、勤めているときにはほぼ中毒状態だったような気がするので、基本的にこれまでに摂《と》りすぎていたのだろう。体が、

「もう、いらん」

と拒絶しているのだと思う。私はカフェインの代謝が人よりも遅いか機能が劣ってい

るのかもしれない。

昔は家でカフェインレスを飲んでいても、喫茶店のほとんどにはそういったものがなかったので、打ち合わせがあるとその前からずっとカフェインを摂取しないように気をつけていた。しかし今はカフェインレスを置いている喫茶店も多くなって喜ばしい。最近は緑茶のカフェインレスもあるらしい。妊娠中の女性にもカフェインレスは人気のようだ。そうなるとそれまで妊娠中でコーヒーや紅茶が飲みたくなった人は、どうしていたのだろうか。ずっと我慢をし続けていたのだろうか。それも大変だっただろうなと思う。もしカフェインレスのコーヒー、紅茶がなかったら、私は水か白湯を飲み続けるしかなかった。健康にはいいかもしれないが、体にはよくないといわれているものも、たまには体内に入れたくなるものだ。私は自分の平穏な精神状態を保つために、これからもカフェインレスでいきたいと思っている。

16 自分だけは大丈夫と思うこと

突然の「便座から噴水騒動」の後、物品の在庫についても考えたが、それよりもずっと頭にあるのが、危機管理についてである。命の危険が生じる危機管理に関しては考えるけれども、そうではない家の中で起こる小さな、でも起きてしまうと決して小さくない問題に対して、どのように対応するのかと、まあ、自分のミスではあったのだが、あらためて考えるいい機会になった。

この便座噴水の件をあちらこちらの知り合いに話したら、意外にも、

「私もやらかしたことがある」

という人が多かった。ほとんどの人は持ち家なので、他人に迷惑をかけるということはないのだが、現実を目の当たりにしたときに、まず何が起こっているのか把握できず、次に唖然《あぜん》とし、次にあせりまくってしまったというのは私と同じだった。ある人は洗濯中ではないときに、ドラム式洗濯乾燥機の底から水漏れを起こしたという。夜、寝てい

ると、ぴしゃぴしゃと水の音が聞こえてきた。家族が起きてくる気配もなく、彼女はベッドの中でうとうとしながら、

「水の音がするなあ、いったい何かなあ」

と思いながら、眠いので寝てしまおうとした。しかしやはり気になったので様子を見ようと音をたどっていくと、洗濯機を設置している防水パンを超えて、床に水が流れ出していた。彼女は一気に眠気がさめて家じゅうのバスタオルを動員して、水を吸わせているうちに、水は止まったものの、周囲のフローリングは水浸しになってしまい、後始末が大変だったといっていた。

「水漏れをしたときのために、自己融着テープを買っておいたほうがいいわよ。それで水が漏れているところを、ぐるぐる巻きにすればいいから」

彼女はそう教えてくれたが、「自己融着テープ」という、そんな哲学的な名前のテープがこの世に存在するのをはじめて知った。おまけにそれが水漏れ対策によいとは、名前と用途のギャップがすごすぎると思いながらも、近所では見つけられずにまだ購入していない。

昔の家電は一度購入すると最低十数年は使えたため、ひんぱんに買い替えるという意識が私にはなかった。子供の頃に親が購入した、洗濯機、テレビなども十年以上は軽く

使えていた。洗濯時に雑音がしても、テレビの映りが悪くなっても、バンッと叩くとどういうわけか直ったりして、不思議ではあったが、最後の最後は、完全に動かなくなってから買い替えたものだった。まだ動いているのに買い替える家などなかったと思う。

しかし今は本当かどうかわからないが、耐久年数がとても短く、何度も買い替えるように仕向けられているらしいので、とことん使おうとすると逆に問題が出てくる。うちの温水洗浄便座も、本体の寿命はすでに尽きていたのに、ずっと使い続けていたのがまずかったのだ。たしかにファクスにしても、掃除機にしても洗濯機にしても、価格は昔に比べて下がってはいるけれど、どこかしら安っぽい。特にファクスなどはあまりに簡素な作りで、こんなもので大事なゲラを送信できるのだろうかと不安になるほどだ。保証書を見ても昔は保証期間が五年、十年だったのに、一年、二年ととても短い。つまりそれ以降は、何が起こるかわからないというわけだ。家電は耐久消費財だったのが、使い捨てに近い状態になっている。もったいないとは思うが、それが結局は安全につながるのかもしれない。

今回は運よく、周囲の人たちが助けてくれたおかげで対処できたけれども、パニックにならない性格の私でもとてもあせった。もしパニックになりやすい性格の人だったら、どうなっていただろう。困ったことがあると、何でもかんでも１１９に電話をする人が

いるとニュースで知ったとき、

「いったい何を考えているのやら」

とそういった人たちに対して憤慨したが、もし同じことが起こって、周囲に頼る人がいなかったら、噴き出す水を目の前にして、119に電話してしまう人もいるかもしれない。それは緊急時以外、絶対にしてはいけないことだけれど、私はそういう人たちの心情が、ほんの少しだけ理解できるような気がした。

危機管理のシミュレーションをしていないと、慌てふためくだけになってしまうのだと深く反省した。一度、頭の中でシミュレーションをし、こういう場合はこのように対処すると考えておけば、あせらずに対処できるような気がする。これは水漏れだけではない。そう考えてみると、家の中は危険だらけなのである。まず火が出たときは、本当に小さい規模の場合は、消火器が設置されているのでそれを使う。以前、知人からドライヤーを使っているときに火が噴き出したと聞いて、ずっと使っていたドライヤーを買い替えた。もしも火が噴き出して、私のショートカットの髪の毛に引火したら、すぐに水で濡らせば何とかなるかもしれない。しかし短い分、地肌にダメージを受けやすいので、火傷の危険もある。髪の毛が短いので、タオルドライでも何とかなるが、ドライヤーを使うのであれば、まだ使えるうちに買い替えたほうがいいのだろう。

他にも室内のほんの一、二センチの段差で転んだとか、大きな地震でもなかったのに、揺れで古い棚の扉が開いて、ストックしておいたティッシュペーパーの箱が頭上から落ちてきたとか、風呂場で転んで腰を打ったとか、様々な話を聞いた。転ぶのは若い人にはないことだが、私のような年齢だと誰にでも起こりうる。へたをすると入院の事態にもなりかねない。

私の場合は、ずいぶん前、これもトイレ関係ではあるが、便座の掃除をしているときに、眉間めがけて便座の蓋が当たったことがあった。幸い怪我《けが》も内出血もしなかった。私は洗濯物は室内で小物干しに留めて、それをベランダにある物干し台のところに持っていくことにしている。少しでも日焼けをしないためである。あるとき評判がいいと聞いた金属製の小物干しを、ドアの枠の上にひっかけて上を見ながら洗濯物の下着のパンツを干していたら、そのまま小物干しごとパンツがどっと顔面めがけて落ちてきた。物干し用ポールにはかけられても、幅の狭い場所にひっかけるようにできていなかったらしく、構造的に仕方がないのだが、ものすごく腹が立ってきて、その小物干しは捨ててしまった。また家で着物を着ているときには、必ず上にかっぽう着や水屋着のようなものを着るのだが、洋服の感覚で台所で腕を動かすと、着物の袂《たもと》の部分の厚みのために感覚が違ってきて、調理台の上のものをばたばたと倒したり、袖がガスの火に引火しそうになったりする。これはとても危ないと自分でも気をつけている。

まだ自分で気をつけようと対策を考えている場合はいい。もしかしたら私が想像もしないアクシデントもこれから起こる可能性がある。特殊詐欺に関しては、夫も子供も孫もいないので、その類のものにはひっかかりようがない。還付金に関してもいちおう税金関係の金銭の流れは把握しているので、はいそうですかとATMに出向くことはない。

しかし悪知恵が働く者がいて、新たな手口を考え、心の隙を狙ってくることがないとも限らない。どこで入手したのかは知らないが、私のメールアドレス宛にスパムメールが送られてくる。私はその会社のカードを持っていないのに、「ご購入ありがとうございます」という内容のメールである。よくよく見るとメールの形態が変なのだが、もしそのカードを持っている人が何十万円という請求を見たら、自分のカードが不正使用されたと、慌てて連絡してしまいそうな気がする。大変な世の中である。

まさに世の中は家の内も外も危険だらけだが、疑心暗鬼になる必要はまったくない。しかし何も考えないで過ごしているよりは、少しでも危機回避のために頭を働かせるからいいのかなと思うようにして、日々を過ごしているのである。

文庫版あとがき

この本には私の「しない」というか、積極的にはやらないことなどを書いたのであるが、原稿を書いてから、三、四年ほど経過した現在、その頃とは違っているところがいくつかある。

まずスマホを買った。あれだけ必要ないといっていたのにといわれそうだが、この数年の間で、年齢に比べれば格段に元気だったうちのネコも、さすがに歳をとってきた。以前、動物病院でただ爪を切ってもらうためだけに、固定電話でタクシーを呼ぼうとしたら、何度やってもまったくだめだったので、超高齢ネコに何かあったときに、すばやくタクシーを呼べるようにと買ったのだ。

スマホのゲームには興味がないのに、友だちがツムツムにのめりこんでいて、わけがわからないままそれをインストールさせられたりしたが、ふだんは使う用事もないので、机の上に放置していた。しかし二〇二〇年、二十二歳七か月のネコが急に体調を崩し、固定電話ではつかまらなかったタクシーが、スマホだとあっという間に呼べて、本当に助かった。結局、老衰でそれから一週間ほどで亡くなってしまったが、希望通りにスマホが役に立ち、スムーズにネコを病院に連れていけてよかった。

いちばんスマホが必要な案件が終わったので、相変わらずスマホは放置していた。しかし友だちがLINEを交換しようといってくれたので、こちらもわけがわからないままはじめた。といってもしょっちゅうメッセージが来るわけでもなく、二週間に一度あるかないかの程度である。

私は方向音痴なので、スマホは地図機能があって便利だともいわれたが、はじめての場所に行く場合、以前と同じようにパソコンで地図をチェックして、それをプリントアウトして持って行く。乗り換えや待ち合わせの出口がわかりにくいときは、YouTubeで検索して、乗り換えの動画があれば確認する。スマホを活用している人からすれば、

「何やってんだ」

と呆れられるかもしれないが、スマホにすべての機能を託すのはいやなのである。様々な機能が搭載されているのだとは思うけれども、私が使っているのは百分の一程度だろう。

また温水洗浄便座が壊れて、水が放出した事件から、それまでは古くなると、すぐに掃除用の使い捨て布としてカットしていたのだが、タオル類は大事に取っておくように

した。アクシデントのときに助けてくれた隣人に、後日、なぜそんなにタオルを持っていたのかと聞いたら、バッグの形を保持するため、中に入れているのだと教えてくれた。なるほどと私は感心した。それだったらただ積んであるよりも役に立つし、場所も取らないので今、私のバッグの中には使い古したタオルが詰めてある。

そしていろいろな枕を試しても、気に入ったものに出合わないので、どうしようかと悩んでいたら、バスタオルを折りたたんで重ねて、自分の頭にフィットする枕にするという方法を知り、バスタオルを数枚購入した。またネコが出窓で寝るときに使っていたバスタオルも、主《あるじ》がいなくなったのでそれも一枚増えた。

現在、体を拭くためと、枕としての使用を含めて、バスタオルは八枚になった。バスタオル大尽になった気分である。これでいつ、室内のどこかで水が噴き出しても大丈夫にはなったのだが、トイレもきちんと直してもらったし、そのような出来事はもう起こらないと思う。

しかし先日、私の部屋は大丈夫だったが、隣室でトラブルが起きた。近所ではずっと水道管の工事中で、その日は午後から断水の予定だった。私は琺瑯《ほうろう》製の洗面器や、魔法瓶などに水を入れ、断水への準備をしていた。断水の時間になってすぐ、隣人があわてでやってきて、トイレが大変だという。急いで行ってみると、トイレ内の手洗いの水が出るところから、ものすごい勢いで水が空気と共に噴射され、トイレの壁が広範囲にわたって濡れていた。床に水が漏れなかったのは幸いだったが、便器の中は泥のような水でいっぱいになっていた。工事の際に隣室に影響する部分に何らかの圧力がかかって、逆噴射したのかもしれない。便器内の水が噴き出さなくて本当によかった。このように普通に生活していても、何らかの外因によって、水は噴き出すのだとよくわかったのだった。

トラブルが起こったときの対処をするために、準備をしておくのは必要だが、それをどれくらいしておくかが問題だ。東日本大震災の後、食べ物が無くなるのを怖《おそ》れるあまり、カップ麺を八十ケース購入して途方に暮れている女性をニュースで見た。個人の基準は様々だし、私は所有品を少なくしようと、日々、物を減らしているけれど、やはり自分にとってのほどほどがいちばんよい。そして頑なではなく、時には臨機応変に対応するのも、人生にとって必要だと感じたのである。

本書は、二〇一八年六月、集英社より刊行されました。

初出
1〜11
集英社学芸編集部サイト「学芸・ノンフィクション」
二〇一七年十一月二十二日〜二〇一八年四月二十五日
12〜16
書き下ろし

本文デザイン／アルビレオ
ぬいぐるみ製作／ｍａｋｕｍｏ　福山みき

集英社文庫

しない。

2021年７月20日　第１刷　　定価はカバーに表示してあります。
2021年11月７日　第３刷

著　者　群《むれ》　ようこ

発行者　徳永　真

発行所　株式会社　集英社
東京都千代田区一ツ橋2-5-10　〒101-8050
電話　【編集部】03-3230-6095
【読者係】03-3230-6080
【販売部】03-3230-6393（書店専用）

印　刷　中央精版印刷株式会社　株式会社美松堂

製　本　中央精版印刷株式会社

フォーマットデザイン　アリヤマデザインストア　　マークデザイン　居山浩二

ISBN978-4-08-744272-4 C0195